내가 제일 잘 나가는 재벌이다

봉황송 현대판타지 장편소설

내가 제일 잘나가는 재벌이다 11

초판 1쇄 발행 2024년 8월 19일

지은이 ㅣ 봉황송
발행인 ㅣ 최원영
편집장 ㅣ 이호준
편집디자인 ㅣ 최은아
영업 ㅣ 김민원 조은걸

펴낸곳 ㅣ ㈜ 디앤씨미디어
등록 ㅣ 2002년 4월 25일 제20-260호
주소 ㅣ 서울시 구로구 디지털로32길 30 코오롱디지털타워빌란트 1301-1308호
전화 ㅣ 02-333-2513(대표)
팩시밀리 ㅣ 02-333-2514
E-mail ㅣ papy_dnc@dncmedia.co.kr
블로그 ㅣ blog.naver.com/gnpdl7

ISBN 979-11-364-5543-7 04810
ISBN 979-11-364-4879-8 (SET)

※ 저자와 협의하여 인지는 붙이지 않습니다.
※ 이 책은 ㈜ 디앤씨미디어(파피루스)가 저작권자와의 계약에 따라 발행한 것으로 본사와 저자의 허락 없이는 어떠한 형태나 수단으로도 내용을 이용할 수 없습니다.

내가 제일 잘 나가는 재벌이다 11

봉황송 현대판타지 장편소설

제1장. 탱크 ………………………… 7

제2장. 천재 ………………………… 33

제3장. 형광등 ……………………… 69

제4장. 친구 ………………………… 107

제5장. 인수 합병 …………………… 143

제6장. 청소 ………………………… 169

제7장. 레이아웃 …………………… 195

제8장. LNG 운반선 ………………… 221

제9장. 꽃 …………………………… 255

제10장. 덴마크 ……………………… 291

탱크

 번쩍거리는 검은색 포드 차량이 용산 후암동 스카이 포레스트에 도착했다.
 "대표님, 오셨습니까."
 정문의 경비원들이 차량을 알아보고 인사했다.
 사업이 갈수록 성장하면서 정문을 오가는 차량과 사람들이 많아졌고, 경비원들도 늘어났다.
 "수고들 하세요."
 뒷좌석에 앉아 있던 차준후가 창문을 열고 인사했다.
 소시민적인 정신을 버리지 못한 차준후는 자신이 고용한 아랫사람이라고 해서 함부로 대하지 않았다.
 "이야! 우리 대표님은 매번 인사를 받아 주신다."
 "마음씨가 비단결처럼 고운 분이야."

어제 새롭게 채용된 경비원이 몸을 부들부들 떨었다.
정문의 경비에 불과한데 인사를 받아 준다고?
대한민국을 들썩거리는 천재 차준후와 인사를 주고받았다는 사실이 믿기지 않았다.
"정말 대단하신 분이지. 저번에는 내 이름까지 불러 주시더라고."
"예전에 여기 정문에서 함께 일했던 표주봉 형님이라고 있거든? 그 형님이 능력을 인정받아 대표님의 개인 경호를 맡게 되셨는데, 월급이 여기서 일할 때보다 세 배는 많다더라."
"개인 경호원이 됐다고요?"
"그래. 어디서 일하느냐가 아니라, 어떻게 일하느냐가 중요하신 분인 거지. 열심히 일해서 대표님 눈에 들면 우리도 높은 곳으로 갈 수 있어."
스카이 포레스트 경비원들에게 있어 표주봉은 전설적인 인물이었다.
"경비를 한다고 하면 대개 무시하기 마련인데, 차준후 대표님은 정말 다르네요."
"우리 대표님은 직업에 귀천을 두시는 분이 아니시지. 스카이 포레스트에서는 능력만 있으면 올라갈 수 있어."
직원들은 차준후의 인성과 됨됨이를 알고 있었다.
대한민국에서 제일 잘나가는 천재로 인정을 받고 있으

면서도 항상 아랫사람들을 챙겼다.

차준후가 출근 시간에 딱 맞춰서 회사에 도착했다.

날이 갈수록 사업이 번창하고 있는 스카이 포레스트는 매번 새롭게 바뀌어 갔다. 그리고 근래 바뀐 점 가운데 가장 대표적인 건 바로 엘리베이터였다.

매번 계단을 통해 1층에서부터 사장실까지 걸어서 올라갔던 차준후였다. 편하고 좋은 걸 선호하는 차준후는 가격에 구애받지 않고 엘리베이터를 설치했다.

띵!

엘리베이터를 타고 사장실이 있는 층에 도착한 차준후였다.

비서실로 들어서자 실비아 디온과 종운지가 차준후를 바라보았다.

"안녕하세요, 대표님."

"오늘도 멋있으세요. 아이스 아메리카노 준비해 드릴까요?"

"두 분! 좋은 아침입니다. 아이스 아메리카노 진하게 부탁해요."

커피 부탁을 받은 종운지가 환한 표정을 지었다. 매일 아침 아이스 아메리카노를 탕비실에서 조제하는 건 그녀의 가장 큰 기쁨이었다.

그녀는 차준후를 위한 아이스 아메리카노에 대한 사명

을 가지고 있었다. 지금의 일이 회사에서 맡은 일 가운데 가장 크다고 여겼다.

이 일을 결코 다른 사람에게 양보하지 않았다.

혹여 차준후가 직접 커피를 타 마시기라도 하는 날에는 울 것 같은 표정을 짓고는 했다.

자신의 영역을 침범당한 표정이라고 할까?

너무 열정적으로 하고 싶어 하는 탓에 차준후도 말릴 수가 없었다.

차준후가 사장실로 들어섰고, 보고할 서류들을 든 실비아 디온이 따라 들어왔다.

"자! 앉아서 이야기합시다."

"네."

"오늘 해야 할 일들을 들어 볼까요?"

"오늘 스케줄은 평소보다 많아요. 우선 가장 중요한 건은 론도 생활 화장품 인수 합병과 도쿄 지사 사업 관련 건입니다. 그리고 대현그룹에서 조선소와 관련하여 대표님의 의견을 요청하셨습니다."

실비아 디온이 지금 언급한 것들은 하나같이 스카이 포레스트에 가장 급선무인 것들로, 차준후의 최종 결재가 필요한 일들이었다.

스카이 포레스트의 준비가 미흡한 상황에서 충동적으로 진행한 사업들인 탓에 꼼꼼한 검토가 필요했다.

우선 생활용품 시장에서 대한민국의 한 축을 든든하게 받치고 있는 론도 생활 화장품은 규모가 엄청났다. 일하고 있는 직원들의 숫자만 해도 상당했고, 인수 금액 역시 결코 작지 않았다.

스카이 포레스트의 도쿄 지사 설립을 두고서 시세삼도를 비롯한 일본의 화장품 기업들과 정치권이 곱지 않은 눈초리로 바라보았다.

미국 법인의 진출이었기에 설립을 방해하지는 못했지만 친절하지 않았다. 스카이 포레스트는 한국 기업이라는 이미지가 강했기 때문이었다.

1961년의 조선소 설립은 그야말로 난관이 많았다.

장비와 기술에 대한 철저한 조사와 대비도 없이 무턱대고 뛰어들고 있는 조선소였다.

"론도 생활 화장품의 인수 합병은 문상진 전무님이 책임지고 있잖아요?"

"론도그룹의 진남호 회장님이 최대한 빠른 인수를 원한다고 하네요. 인수 합병 과정이 빠르게 진척되고 있고, 그 과정에서 대표님의 결재가 필요한 부분들이 있어요."

결재를 해 달라고 하는 걸 보면 문상진이 만족할 만한 협상을 해냈다는 이야기였다.

사실 진남호 회장은 이번 일본 기업의 탈을 썼다는 꼬리표 때문에 곤혹을 치르고 있었다. 스카이 포레스트에 론도 생활 화장품을 통째로 넘기는 걸로 이번 난관을 뚫을 생각이었다.

"흠. 알겠습니다."

인수 합병에 필요한 모든 권한은 문상진에게 일임한 상태였다. 그러니 사실 차준후는 합의가 이뤄진 서류에 서명만 하면 됐다.

하지만 차준후는 어떤 업무를 결재하든 그 과정에 대한 부분은 이해한 뒤에 서명을 하려고 했다.

스카이 포레스트가 커지고, 계열사들이 많아지면서 사장실 책상 위에 쌓이는 서류들이 늘어났다. 어떤 날은 결재할 서류가 100개 넘게 쌓이기도 했다.

그럼에도 차준후는 하나도 빠짐없이 그 모든 서류를 꼼꼼하게 살폈다. 이 한 장의 서류에 직원들의 땀과 노력이 들어 있다는 걸 잘 알았기 때문이었다.

직원들을 평가하는 절대적인 요소가 바로 이 서류였다.

농부가 쌀 한 톨을 만들기 위해 노력하는 것처럼 직원들은 차준후에게 자신들의 땀과 노력을 서류에 담았다. 그 무거움을 알기에 차준후는 결코 서류를 가볍게 대하지 못했다.

"전무님이 고생하고 있군요. 일본 건은요?"

"일본 관공서에서 도쿄 지사의 일을 사사건건 트집을

잡고 있다고 하네요. 화재 위험에 대해서 살펴봐야 한다는 이유를 내세워서 창고 설립 허가를 내주지 않고 있어요."

실비아 디온이 눈빛을 반짝거렸다.

일본 관공서는 스카이 포레스트 도쿄 지사에게 서류 발급과 허가 등에 대해서 깐깐한 잣대를 들이밀고 있었다. 관공서에서 트집을 잡으면 사업하기 어려운 법이었다.

"관공서에서 따진다면 우리도 똑같이 따져 줘야죠. 주일미대사관에 부탁하면 되겠죠?"

"주일미대사관과 함께 무역대표부에도 진정을 넣을게요."

실비아 디온이 무역대표부까지 거론했다.

때릴 때는 화끈하게 때려 줘야지. 한 곳보다 두 곳에서 동시에 때려 줘야 화들짝 놀랄 테니까.

"그 부분은 비서실장님에게 맡길게요."

차준후는 도쿄 지사 문제를 실비아 디온에게 떠넘겼다.

"임무를 주셔서 감사해요."

실비아 디온이 환하게 웃었다.

그녀는 자신이 선호하는 공격 임무를 반겼다. 이건 고생스러운 일이 아니라 즐길 수 있는 업무였다.

일본 관공서 문제로 난관을 겪고 있는 도쿄 지사 문제

는 미국 관공서의 힘을 빌리면 간단히 해결될 터였다.

미국 관공서가 나서면 지금껏 억지스러운 트집을 잡으며 방해하던 일본 관공서들도 고개를 숙이며 잘못을 인정하리라!

대한민국 기업이라고 거들먹거리던 잘못에 대한 죗값을 치르게 할 작정이었다. 죗값을 받지 못한다고 해도 괴롭혀 줄 심산이었다.

똑똑똑!

노크 소리가 들렸다.

"대표님, 아이스 아메리카노 가져왔어요."

"들어오세요."

"여기 있어요."

"매일 고마워요."

"제가 좋아서 하는 일이에요."

조심스럽게 차준후의 앞에 아이스 아메리카노가 담긴 컵을 내려놓은 종운지가 배시시 웃었다. 그녀는 자신의 능력과 재능이 부족하다고 여기고 있기 때문에 열심히 노력하고 있었다.

"말씀들 나누세요."

종운지가 밖으로 나갔다.

그녀는 식견이 좁은 탓에 실비아 디온처럼 차준후와 심도 깊은 대화를 나누지 못했다. 자신의 부족함을 알고서

퇴근 후에 매일 학원을 다니며 공부를 하고 있었다.
　지금의 부족함을 인정하고 차준후에게 도움이 될 수 있는 사람으로 성장할 수 있도록 노력하였다.
　"정 회장님은 조선소 사업 때문에 난항을 겪고 있다고 하던가요?"
　차준후는 정영주의 어려움을 알고 있었다.
　조선소 사업을 대현그룹에 준 다음부터 들려오는 이야기가 많았다.
　정영주 회장이 거제도에 조선소를 설립하기 위해 동분서주하고 있었지만 어려움이 많았다. 대현그룹이 조선소 사업에 성공하면 장을 지지겠다는 사업가들이 상당했다.
　그럴 수밖에 없었다.
　먹고살기 힘든 시기였다.
　경공업이 제대로 발전하지 않은 대한민국이었고, 중공업은 눈을 씻고 봐도 찾기가 힘들 정도였다. 열악하기 그지없는 환경에서 조선소 사업은 시기상조로 보일 수밖에 없었다.
　대한민국의 기술과 경험, 자본, 인력 수준은 처참했다.
　"길이 보이지 않는다고 했어요."
　무엇을 하든 마음을 먹으면 불도저처럼 밀어붙이는 정영주였으나, 이번만큼은 두 손 두 발을 들어 버렸다.
　바람만 불면 쓰러질 것 같은 어민들의 집 몇 채만이 있는 곳이 바로 거제도였다. 그야말로 아무것도 없는 허허벌판이나 다름없었다.

그런 거제도에 조선소를 만든다는 건 무에서 유를 창조하는 사업이었다.

"국내에서만 움직이면 어려울 수밖에 없죠. 조선소의 활로를 열려면 해외에서 찾아봐야 합니다."

"정영주 회장이 미국과 영국, 일본의 사람들을 만났지만 좋지 않은 이야기만 들었다고 했어요."

정영주는 일본의 요코하마 조선소, 가와사키 조선소, 고베 조선소 등을 방문하여 협조를 구했다. 그렇지만 후진국인 대한민국 출신 사업가라는 사실이 밝혀지자 푸대접을 받아야만 했다.

기술이 없는 나라!

일본인들을 비롯한 해외 사람들이 대한민국은 배를 만들 능력이 없다고 폄하했다.

딱히 틀린 말은 아니었다. 합성섬유조차 제대로 만들지 못하고 있는 대한민국이었으니까.

"어려움을 많이 겪었겠죠."

차준후는 정영주의 어려움을 이해했다.

1961년의 조선소 설립은 아무것도 없는 대한민국에 있어 무모한 일이었다. 미국과 영국, 일본은 조선소 설립에 대해서 부정적이었다.

정영주와 대현그룹은 해외에 현대적인 조선소 설립에 대한 확신을 심어 주지 못했다. 해외에서 기술 협력을 받아 내지 못한다면 이번 조선소 사업은 실패였다.

"정영주 회장과 만나 보실 건가요?"

"덴마크 사람들은 만나 봤다고 하나요?"

"그런 이야기는 못 들었어요."

"우선 덴마크 대사관을 가 봐야겠어요."

차준후가 이번 조선소에 대한 사업을 조금 더 신경을 쓰기로 마음먹었다.

한국 등 동아시아 조선소와의 경쟁에서 밀리면서 쇠락하게 되는 덴마크는 1980년대까지 조선업으로 번성한 국가이다. 21세기 세계 1위 해운사인 머크스 기업이 바로 덴마크에 본사를 두고 있다.

1961년 대한민국에 조선소를 만들기 위해 차준후가 직접 움직이기로 했다.

움직이지 않으면 모를까, 결심하면 빠르게 움직이는 차준후였다.

"덴마크 대사관과 연결 부탁합니다."

– 잠시 기다려 주세요. 연결해 드릴게요.

전화교환원의 음성과 함께 통화 대기음이 들려왔다.

– 덴마크 대사관입니다. 무엇을 도와 드릴까요?

서양인 특유의 억양이 담긴 한국어가 들려왔다.

"스카이 포레스트의 차준후입니다. 대사님과 전화 통화를 하고 싶습니다."

- 바로 연결해 드리겠습니다.

덴마크 대사관에 있어 차준후는 신경을 써야 하는 중요한 사람이었다.

차준후의 전화는 용건을 묻거나 따지지도 말고 알버트 요한 대사와 빠르게 연결해 줘야만 했다.

덴마크 본국에서도 각별히 신경을 쓰고 있는 차준후였다.

- 그간 격조했어요.

"잘 지내셨습니까?"

- 잘 지내고 있습니다. 차준후 대표 때문에 본국에서 들들 볶이고 있기도 하지만요.

알버트 요한이 앓는 소리를 내뱉었다.

덴마크는 스카이 포레스트의 유럽 지사 유치를 위해 노력하고 있었다. 계속해서 이야기를 주고받고 있었지만 차준후가 좀처럼 유럽 진출에 대한 확답을 주지 않았다.

급한 건 덴마크였다.

덴마크와 친밀한 관계를 이어 나가는 중이라지만, 차준후는 그 이유만으로 유럽 지사를 덴마크에 세울 생각은 추호도 없었다.

그에 덴마크는 다른 국가들과 동등한 입장에서 경쟁하

며 좋은 조건들을 추가로 제시해야만 했다.

차준후는 원래라면 조금 더 뜸을 들이며 조건을 끌어올릴 계획이었지만, 론도 생활 화장품의 인수로 인해 상황이 달라졌다.

론도 생활 화장품의 인수 합병은 스카이 포레스트에게 날개를 달아 주는 일.

시너지를 위해서라도 이제는 유럽 지사 설립을 진행해야만 했다.

"조선소 사업 이야기를 나누고 싶습니다."

차준후가 곧바로 본론을 꺼내 들었다.

- 조선소요?

화장품이 아닌 조선소라고?

뜬금없는 사업 제안이었다.

황당했지만 조선소 사업이 결코 작지 않다고 느낀 알버트 요한이었다.

조선소 사업은 막대한 투자금이 들어가는 고부가 가치 산업. 실제로 덴마크가 주력으로 삼고 있는 산업 가운데 하나가 바로 조선소 산업이었다.

- 만나서 이야기하시죠.

"바로 가겠습니다."

- 기다리겠습니다.

알버트 요한의 흥분된 목소리가 전화기를 타고 그대로

전해져 왔다. 스카이 포레스트와 함께하는 조선소 산업은 그에게 있어 새로운 업적이 될 수 있었다.

"다녀오세요, 대표님."

실비아 디온의 배웅을 받은 차준후가 포드 차량을 타고 덴마크 대사관을 향해 이동했다.

그가 탄 차량의 앞뒤를 경호원들이 탄 차량이 경호하였다.

* * *

성삼그룹 서울 본사.

"회장님, 왜 적극적으로 스카이 포레스트의 조선소 사업에 참여하시지 않는 겁니까?"

"아직 시기상조라고 판단했기 때문이다. 먹고살기도 힘든 시기이다. 중공업은 우리나라에 어울리지 않아. 섬인 거제도에 무슨 놈의 조선소를 설립하겠다는 건지 모르겠다."

이희건에게 이철병이 속내를 털어놓았다.

성삼그룹은 제분, 의류 등을 중심으로 발전 방향을 잡고 있었다. 경공업을 바탕으로 발전해야 한다는 확고한 그룹의 발전 방향이었다.

그렇기에 스카이 포레스트에 문의를 하기는 했지만 이

번 조선소 사업에 적극적으로 달려들지 않았다.

"봐라! 대현그룹이 이번 조선소 사업을 따냈다고 자랑하더니 얼마나 고생하고 있느냐? 모든 수단을 동원해 외국과 접촉하고 있지만 어디에서도 협조를 구하지 못하고 있다."

이철병이 고소한 표정을 지었다.

대현그룹이 잘나간다고 하지만 그건 국내에서일 뿐이다. 외국에서는 소위 듣도 보도 못한 아주 작은 기업이다.

성취감에 들떠서 전화로 자랑하던 정영주가 떠올랐다.

정영주와 사이가 좋지 않은 이철병이었다. 그는 사석에서 정영주에 대한 험담을 늘어놓기도 했다.

'국민학교만 겨우 졸업한 무식한 사람이다. 가방끈이 짧은 정영주가 뭘 알겠는가. 주먹구구식으로 사업하다가 운이 좋아서 성공했을 뿐이다. 사업 규모가 조금 커졌다고 잘난 척하는 모습이 보기 싫다.'

성삼그룹의 규모는 대현그룹에 비하면 압도적이었다.

국내 최초의 재벌 칭호를 받은 사람이 이철병이었고, 스카이 포레스트가 등장하기 전까지는 성삼그룹은 국내 재계 서열 1위였다.

그런데 그 뒤를 그동안 신경조차 쓰지 않았던 대현그룹이 빠르게 성장하며 뒤쫓아오고 있었다.

이철병으로서는 대현그룹이 눈엣가시일 수밖에 없었고, 그 마뜩잖게 여기는 마음을 사석에서도 드러낸 것이다.

평소 철저한 이철병의 성격을 생각하면 사석에서 그러한 이야기를 꺼낸 것은 의아한 일이었다. 어쩌면 정영주가 듣기를 바란 것일지도 몰랐다.

그리고 실제로 그 이야기는 정영주의 귀에도 흘러 들어갔다.

당연히 다혈질의 정영주도 가만히 있지 않고 다섯 살 많은 이철병과 성삼그룹을 힐난했다.

'소비재 사업에 주력하는 작은 성삼그룹이다. 대한민국이 발전하고, 중공업이 흥하게 되면 재계 1위의 위치를 내려놓게 될 거다.'

정영주는 밀가루, 설탕, 의류 등 소비재 위주의 성삼그룹을 대단하게 여기지 않았다. 도로, 댐, 발전소 등 사회간접자본이 들어가는 사업에서 강점을 드러내고 있는 대현그룹이었다.

실제로 대현건설개발을 앞세운 대현그룹의 성장세가 심상치 않았다.

전국에서 사람들이 몰려들면서 부동산 시장은 불에 기름을 끼얹은 듯 폭발적으로 성장하고 있었다. 많은 인구 유입과 함께 부동산 가격이 폭등했다.

서울에 새로운 건물과 도로 그리고 다리 등이 들어서고 있었고, 가장 많은 이익을 누리고 있는 곳이 바로 대현건설개발이었다.

폭발적으로 성장하는 대현그룹은 이철병 회장의 심기를 불편하게 만들어 버렸다.

'대한민국의 중화학공업 시대는 빨라도 1970년대다. 지금 중화학공업에 집중하는 건 국력과 외화 낭비다.'

성삼그룹을 이끌고 있는 이철병은 부가가치가 높은 중화학공업 사업의 진출 시기를 1970년대로 봤다.

경공업과 소비재를 중심으로 성삼그룹을 탄탄한 기반 위에 올려놓은 뒤에 막대한 투자비가 들어가는 중화학공업으로 진출하겠다는 계획이었다.

사람은 먹고 입는 걸 매일 해야 하는 법이다.

국민들이 매일 먹고 입는 소비재 사업에서 막대한 현금을 벌어들이고 있는 성삼그룹은 뿌리 깊은 나무와도 같았다.

일본 와세다대학을 나온 이철병은 경제 발전에 있어 하나하나 단계적으로 나아가야 한다고 봤다. 불도저처럼 밀어붙인다고 해서 되는 일이 아니라고 여겼다.

그도 그럴 것이 중화학공업은 폭이 넓고 뿌리가 깊은 사회 기반 위에서 꽃필 수 있는 산업이었다.

'이봐! 해 봤어? 닥치고 하다 보면 다 할 수 있다고.'

정영주는 이철병과 사업을 대하는 가치관이 정반대였다. 철저하게 따져 가면서 단계적으로 나아가기보다 된다 싶으면 불도저처럼 달려들었다.

어느 쪽이 옳고 그른 문제가 아니다.

단지 사업 가치관이 다를 뿐이었다.

그러나 이철병은 정영주의 가치관을 폄하했고, 정영주도 불편한 기색을 숨기지 않았다.

두 기업은 회장부터 시작해서 계열사들 사이에 치열한 다툼을 벌였다. 상대 기업에게 사업 수주 경쟁에서 패배하기라도 하면 회장에게 불려 가서 질책을 받고는 했다.

두 기업의 치열한 경쟁이 매우 격렬해서 한때는 광고 비방전으로 발전하려고도 했다. 재계 원로들이 극구 만류해서 신문 광고로까지 나오지는 않았지만 두 기업의 경쟁은 계속해서 진행 중이었다.

"분명히 회장님의 말씀이 맞습니다."

"대현그룹의 조선소 사업은 무너질 거다. 정영주가 성공하면 내가 손가락에 장을 지질 수도 있어. 그렇지 않아도 언제 한번 크게 다칠 수도 있다고 예상했다. 사업가는 국내외 여건을 살펴 가면서 이성적으로 움직여야 하는 법이야."

이철병은 대현그룹의 조선소 사업이 실패할 거라고 확신했다.

사업은 자신처럼 주도면밀하게 진행해야 하는 법이다.

이것저것 꼼꼼하게 따져 가면서 사업을 해도 실패할 수 있는데, 불도저처럼 움직이다니!

천둥벌거숭이처럼 마구잡이로 사업을 하는 사업가가 바로 정영주다.

꼼꼼한 이철병과 정영주는 사업하는 가치관이 너무 달랐다.

"……조금 우려되는 부분이 있습니다."

"무슨 우려?"

"대현그룹이 어렵다는 건 회장님의 생각과 같습니다. 그렇지만 이번 조선소 사업을 진행하고 있는 곳이 스카이 포레스트입니다. 차준후 대표가 조선소 사업이 무너지게 가만히 지켜볼지 걱정됩니다."

"차준후……."

이철병이 중얼거렸다.

분명히 대한민국에 조선소 사업은 무리였다.

그렇지만 차준후를 떠올리자 실패한다는 이철병의 확신에 금이 가 버리고 말았다.

이철병도 감히 측정할 수 없는 사업가가 국내에 단 한 명이 있었다.

그 사업가가 바로 차준후였다.

국내에서 화장품 사업은 그저 구멍가게 수준일 뿐이었

다. 화장품의 원료 생산이 어려웠고, 해외에서 대부분의 원료를 수입하고 있었다.

화장품 사업으로 큰돈을 벌기에는 어려운 부분이 많았다. 그렇기에 성삼그룹에서는 화장품 사업에 진출하지 않았다.

그리고 성삼그룹의 판단은 옳았다.

차준후가 등장하기 전까지는 말이다.

차준후는 불가능하다고 여긴 이철병의 판단을 보기 좋게 깨뜨려 버렸다.

"차준후 대표가 움직일 수도 있다고 생각됩니다."

"아무리 그렇고 해도 이번 일은 어려울 거다."

이철병이 자신의 생각에 무게를 실었다.

"그렇겠죠?"

이희건는 여전히 차준후라는 위험인물을 떠올렸다.

모두가 안 된다고 하는 사업에서 성공신화를 연거푸 쏘아 올리는 차준후였다.

어느새 그를 자신의 롤모델로 삼고 있었다.

"그렇지만 혹시 모르니까 계속 지켜봐라. 조금 더 살펴보고 다시 판단을 내려야겠다. 네 말처럼 이번 조선소 사업의 핵심은 차준후니까."

이철병이 자신의 판단을 되돌렸다.

한 번 결정하면 부러지더라도 앞을 보고 나아가는 단단

한 사업가가 이철병이었다. 그리고 어렵고 힘든 일이 많더라도 끝내 성과를 만들어 낸다.

국내에서 일등신화를 써 내려간 성삼그룹을 만들어 낸 데에는 이철병의 노력이 컸다.

노력은 배신하지 않는다.

그렇지만 그런 노력이 항상 통하는 건 아니다.

이철병이라고 해도 차준후가 엮인 일에서는 유연해졌다.

그럴 수밖에 없었다. 차준후와 부딪쳤다가 몇 번이나 큰 손해를 봤으니까.

단단한 사업가 정신도 상대를 봐 가면서 나아가는 법이다.

차준후는 이철병을 부러뜨리고도 남을 정도로 아주 잔혹한 심성을 가진 사업가였다. 물론 이건 이철병의 입장에서일 뿐이다.

"알겠습니다. 회장님 말씀처럼 차준후 대표를 유심히 지켜보겠습니다."

이희건은 차준후가 이번 난관을 어떻게 헤쳐 나갈지 궁금했다.

이번 조선소 사업의 핵심은 대현그룹의 정영주가 아니다.

불도저처럼 움직이는 정영주보다 더욱 막무가내로 사

업하는 차준후가 핵심이었다.

탱크라고 할까?

불도저가 주변의 장애물을 휩쓸고 지나간다면 탱크는 아예 뭉개고 지나가 버린다.

게다가 이 탱크는 싸우려고 혈안이 되어 있었다.

국내에서뿐만 아니라 미국과 일본과도 미친 듯이 부딪쳤다.

그리고 모두 승리했다.

성삼그룹도 한때 탱크에 의해 뭉개지지 않았던가.

그 탱크가 지금 덴마크 대사관을 향해 질주하고 있었다.

"부회장은?"

이철병이 조재홍을 거론했다.

조재홍은 많은 자본을 투자하고 성삼의 초기 급성장을 함께 한 입지전적인 인물이었다. 일각에서는 이철병보다 조재홍이 더욱 뛰어난 사업가라는 평가를 내리기도 했다.

성삼은 이철병이 홀로 만들어 낸 것이 아니라 동업으로 성공했다고 봐야 옳았다. 동업을 하여 성공을 했으니, 자연스럽게 다툼이 일어났다.

사업적으로 봤을 때, 이철병이 조재홍보다 확실히 뛰어난 점이 하나 있었다.

그건 비정하다는 것이다.

이철병은 성삼그룹을 함께 성장시킨 조재홍의 쳐 내기 작업을 펼치고 있었다.

"회장님께 섭섭하다며 말하고 다닙니다."

이희건이 말하면서 이철병의 눈치를 살폈다.

성삼그룹에서 이철병에게 함부로 말할 수 있는 사람은 없었다. 함부로 입을 놀렸다가 크게 경을 친 사람이 한둘이 아니었다.

사실 조금 더 심한 말들도 나왔다.

조재홍은 믿었던 동업자 이철병에게 배신을 당했다며 억울해하기도 했다.

성삼제당과 성삼모직의 성공에는 당시 부사장이었던 조재홍의 공이 컸다. 그는 공장의 설비와 장비, 기계 등을 도입하려고 미국과 유럽으로 출장 가서 담판을 지었다.

수입에 의존하던 설탕과 의류 등을 국산화하는 과정을 거치면서 성삼그룹은 국내 최고로 올라섰고, 이철병 회장이 국내 최고 재벌이라는 이야기를 듣게 됐다.

"섭섭하겠지."

이철병이 고개를 끄덕였다.

조재홍을 이해했다.

성삼을 국내에서 제일 잘나가는 기업으로 만든 핵심인재가 조재홍이었지만, 이제는 갈라서야만 할 때였다.

천재

 어중간히 뛰어나다면 계속 함께 사업을 할 수도 있었지만 조재홍은 너무 잘나서 문제였다. 성삼에서 제2인자로서 자리매김한 조재홍이 이철병의 자리까지 위협하고 있었다.
 이철병은 그래도 조재홍을 제어할 수 있었다.
 그러나 자식들의 경우에는 달랐다. 이대로 조재홍을 그룹에 남겨 뒀다가는 후계 작업이 위험했다.
 아프지만 쳐 내는 것이 맞았다.
 "부회장 사람들을 잘 살펴야 한다."
 "예의주시하고 있습니다."
 "부회장에게 떼어 줘야 하는 몫은 잘 판단하고 있느냐?"

"복잡하게 얽혀 있어 시간이 필요합니다."
"그렇겠지."
십 년 이상 함께한 동업이었다.
투자금과 함께 성삼그룹의 성공에 있어서 조재홍의 기여도를 따져야 하는데 그것이 무척이나 복잡했다.
성삼의 초기 투자금도 조재홍이 더 많이 냈고, 해외를 돌아다니며 더 많이 일한 사람도 조재홍이었다. 그렇지만 그런 부분을 모두 인정할 수는 없는 노릇이었다.
"최대한 박하게 평가해라."
이철병이 분명하게 지시했다.
조재홍 입장에서는 억울할 수도 있겠지만 성삼그룹의 권력을 움켜쥐고 있는 정점은 바로 이철병이었다. 그룹을 쪼개거나 나누면 그건 죽도 밥도 안 됐다.
성삼그룹이 최고가 되기 위해서는 비정해야 했다.
성삼그룹에 해가 되지 않을 정도로 아주 적은 몫을 떼어 줄 심산이었다.
억울해도 어쩌겠는가.
이것이 바로 사업인 것을.
"……알겠습니다."
이희건이 고개를 숙였다.
헤어질 때 헤어지더라도 좋게 갈라설 수 있지 않을까?
이희건은 부회장인 조재홍과 좋게 합의하여 갈라서기

를 원하고 있었다.

그동안의 수고에 대해서 인정하고, 그 가치를 돈으로 환산해 주면 된다. 현금을 잔뜩 쌓아 두고 있는 성삼그룹에 돈이 없는 것도 아니었다.

그런 기색을 읽은 이철병이 얼굴을 굳혔다.

"어중간하게 하면 안 한 것만 못하다는 걸 명심해라. 끊어야 할 때는 확실하게 잘라야 한다. 모질게 행동해야 할 때 어설프게 움직이면 오히려 다칠 수도 있어."

사업에 착한 인성은 필요 없었다.

때로는 불법적인 일을 거침없이 해야 할 때도 있었다.

이철병은 깨끗하고 정상적으로만 성삼그룹을 키우지 않았다.

광신전기의 경우에는 실패했지만 괜찮은 중소기업을 인수 합병하였고, 일본에서 사치세를 내야만 하는 원자재를 수입하면서 서류를 조작하기도 했다. 관세를 아끼기 위해 세관 직원과 공무원 등을 매수하였다.

국회의원과 정치인, 공무원, 검사와 사법부의 판사들에게도 엄청난 돈을 정기적으로 뿌렸다. 돈이 잔뜩 쌓인 사과박스를 명절에 유명정치인들에게 보내기도 했다.

돈을 받아먹은 사람들은 성삼그룹의 든든한 힘이 되어줬다.

"모질게 처리하겠습니다."

"인정을 베풀었다가 기회가 사라지면 어떻게 할 테냐?"

"그렇게까지 몰리지 않도록 노력해야죠."

이희건은 속내를 드러냈다.

만약 다른 사람이 앞에 있다면 일을 모질게 처리하면 좋지 않다고 말했으리라!

단호한 표정을 지은 이철병이 이희건을 위아래로 훑어보았다.

시행착오를 겪으며 성장한 것이 자신이 깔아 놓은 길 위에서 편안하게 성장한 이희건이었다. 아직 영글지 않고 어설픈 면이 많았다.

"미래는 예측할 수 없는 법이다. 위기는 예기치 않은 순간 불쑥 찾아와. 노력한다고 해서 벗어날 수 있는 게 아니야. 그래서 위기를 배제할 수 있을 때 최대한 없애야 하는 거다."

이철병은 어렵고 힘들게 사업했다.

일제강점기 시절에 사업을 하다가 전시 체제로 전환되면서 쫄딱 망했고, 민족상잔의 비극인 6.25 전쟁으로 다시 한번 사업이 송두리째 무너질 위기에 빠지기도 했다.

이런 위기를 겪은 이철병은 위험 요소를 최대한 배제해 가면서 사업을 펼쳤다. 이철병이 볼 때, 조재홍은 성삼그룹에서 위험 요소였다.

"무슨 말씀이신지 알겠습니다."

이희건은 어렵지 않게 이철병의 의중을 알아차렸다.

회장이자 아버지의 사업 가치관을 누구보다 잘 알고 있는 그였다.

이철병은 그 누구보다 비정한 사람이었다.

자식이라고 해도 방해가 된다면 칼을 뽑고도 남을 사람이었다. 자식도 참지 않는 사람인데 동업자인 조재홍은 말할 것도 없었다.

"상대에게 기회를 주지 말아야 한다."

단호하게 말하는 이철병에게서 묵직한 분위기가 피어났다.

그가 자식인 이희건에게 사업적 가르침을 전수하였다.

그리고 그 가르침을 이희건은 제대로 받아들였다.

"덤벼들 기회를 주지 않겠습니다. 높은 위치에 올라 압도적으로 짓누르겠습니다."

이희건의 뇌리에 차준후와 스카이 포레스트가 떠올랐다.

압도적으로 격차를 벌려서 상대에게 발버둥 칠 기회조차 주지 않겠다!

차준후가 잘 보여 주고 있는 모습이었다.

너무 압도적이었기에 국내의 사업가들은 차준후 앞에서 어떠한 원망의 말을 내뱉지도 못했다. 괜히 불평하는 말을 하거나 도전을 했다가 론도그룹처럼 크게 혼날 수도 있었다.

전례를 직접 보여 주는 차준후가 있었기에 이철병의 가르침이 이희건의 마음에 쏙쏙 박혀 들었다.

"그래야지."

이철병은 흡족한 듯 고개를 끄덕였다.

많은 몫을 떼어 줬다가 조재홍이 억하심정을 가지고 싸우자고 하면?

성삼그룹이 국내 재계 1위까지 도달하는 데 큰 역할을 했던 조재홍이다. 그런 그가 성삼그룹에서 많은 자본을 가지고 나간다면 훗날 성삼그룹에 위협이 될 정도로 성장할 수도 있었다.

이철병은 그러한 먼 미래까지 내다보았다.

그리고 그렇기에 부회장인 조재홍과 척을 지기로 작정했다.

갈라서는 와중에 나눠야 할 부분을 이철병과 조재홍의 사람들이 협상하며 줄다리기를 하고 있었지만, 사실 이는 협상이 아닌 이철병의 일방적인 통보에 가까웠다.

터무니없이 적은 몫만 주겠다!

당연히 조재홍 입장에서 경악할 수밖에 없었고, 받아들이지 않았다.

마주칠 때마다 서운한 기색을 드러내는 조재홍 때문에

이철병은 마음 한구석이 불편한 게 사실이었다.
 그렇지만 내가 아파하는 것보다 상대가 다치는 게 낫지 않은가.
 그래서 조재홍이 적은 몫만 가지고 나가도록 대놓고 작업 중이었다.

* * *

 "이번에는 조선소입니까? 스카이 포레스트는 정말 다양한 사업들을 펼치는군요."
 알버트 요한이 혀를 내둘렀다.
 그는 차준후 덕분에 많은 공로를 쌓고 있었다.
 외교관은 국가의 영업을 뛰는 영업사원이기도 했는데, 대한민국은 덴마크에게 이익을 주는 국가가 아니었다. 무상 원조를 해 줘야 하기에 오히려 손해였다.
 물론 이건 차준후의 등장 전까지의 이야기일 뿐이었다. 차준후와 거래를 하고 난 뒤로 덴마크는 대한민국에서 확실하게 이익을 뽑아냈다.
 덴마크의 낙농업이 대한민국에 진출하였고, 덴마크의 업체들이 만든 낙농 기자재와 유리 공장 설비 등이 대한민국으로 수출됐다.
 이번에 또다시 공로를 쌓을 기회가 찾아왔다.

화장품이 본업인 회사가 조선업이라!

말이 안 됐다.

조선소를 만들려면 배의 건조에 필요한 중장비와 기자재들의 확보가 필요했다. 이런 면에서 대한민국은 낙제를 받아도 할 말이 없었다.

"화장품을 만들려고 하다 보니 어선이 많이 필요해졌습니다."

"화장품과 어선에 어떤 관계가 있는 거죠?"

"반짝거리는 매니큐어를 만드는데 펄 에센스가 들어갑니다. 그리고 이 펄 에센스를 만들기 위해서는 갈치가 많이 필요하죠."

차준후는 단순한 목선을 원하는 게 아니다.

철판으로 만들고 좋은 엔진을 단 현대적인 어선을 원하고 있었다.

육지와 가까운 곳에서 고기잡이를 할 수 있는 소형 어선!

바다에서 일주일에서 열흘 정도 머무르면서 고기잡이를 할 수 있는 중형 어선!

먼바다까지 나가서 어업을 할 수 있는 대형 어선!

그리고 이러한 어선들을 통해 화장품에 필요한 원료를 직접 수급할 계획이라는 이야기였다.

그러한 차준후의 설명에 알버트 요한은 순간 멍한 표정

을 지을 수밖에 없었다.

 화장품의 원료를 직접 수급하기 위해 어업을 하고, 그 어업을 위해 조선소까지 만들겠다니.

 말도 안 되는 이야기였다. 그런데 차준후가 이야기하니, 그 황당한 이야기가 가능성 있게 느껴졌다.

 알버트 요한은 여성들의 손톱을 아름답게 만들어 주는 매니큐어에 갈치가 필요하다는 걸 처음으로 알게 됐다.

 하지만 그런 건 아무래도 상관없었다. 중요한 건 스카이 포레스트가 조선소 사업을 펼치려 한다는 것이었다.

 "아시겠지만 조선소는 많은 자금과 많은 기술자들, 제철소와 같은 기간산업이 필요한 사업입니다."

 조선소를 만들기 위해서는 많은 중장비와 철판과 같은 기자재, 선박의 철판을 용접할 수 있는 용접공과 같은 특수기술자들의 확보가 필수였다.

 대한민국의 입장에서 어느 것 하나 확보했다고 말할 수 없었다.

 "알고 있습니다. 기술자들은 덴마크로 보내서 기술 협력을 받아 가며 양성할 수 있고, 철판과 같은 기자재들도 해외에서 수입하면 그만입니다."

 "국내에서 해결하지 못하고 해외 수입에만 의존하면 돈이 많이 들어갈 텐데요?"

 "돈으로 밀어붙이면 됩니다. 우선 1억 달러를 투자할

생각입니다."

차준후가 자신감을 드러냈다.

화장품을 팔면서 막대한 달러를 벌어들이고 있었고, 그 돈 가운데 일부를 조선소에 투자하면 된다. 지금도 계속해서 통장에 거액이 쌓여 나갔다.

중장비가 없어서 조선 산업을 펼치기 힘들다고?

돈으로 중장비를 사겠다.

국내에서 철판을 생산하지 못한다고?

거제도까지 보내 주는 운송비까지 합쳐서 철판을 대량으로 구매하겠다.

어렵고 힘든 건 돈의 지출 앞에서 상대적인 법이다.

"헉! 1억 달러! 엄청난 거액이군요."

알버트 요한은 엄청난 액수의 투자금에 놀란 표정을 지었다.

그런데 더 놀라운 건 그러한 거액을 언급하는 차준후의 표정이 별거 아니라는 듯 덤덤하다는 점이었다.

사실 차준후에게 많은 돈은 말 그대로 많은 돈일 뿐이기에 덤덤할 수 있었다.

그 이상 그 이하도 아니었다.

그는 의식주에 필요한 돈만 있으면 만족할 수 있는 소시민이었다.

세계적으로 명성을 날리고 있는 차준후는 사업가보다

소시민인 삶에 더 만족해하고 있었다.

여유롭게 살아갈 수 있는 어느 정도의 돈!

그 정도만 있으면 충분했다.

"최소한의 투자금입니다. 필요하다면 더 투자할 수 있습니다."

차준후는 조선소 건설에 들어가는 비용을 아끼지 않을 생각이었다.

대현그룹 조선소의 지분을 차지할 수 있는 일이었고, 화장품 사업에 도움이 되며, 국가 발전에 이바지할 수 있는 사업이었다.

조선 산업은 노동 집약 산업이기 때문에 실업자들이 넘쳐 나는 대한민국에 안성맞춤이었다. 종합기계공업이기에 제철소와 같은 기간산업 육성에도 어울렸다.

대부분의 사람들이 조선 산업에 부정적이지만, 대한민국 조선업의 놀라운 성공을 누구보다 잘 아는 차준후로서는 돈을 아낄 이유가 없었다.

꿀꺽!

알버트 요한이 침을 삼켰다.

'돈으로 어려움을 극복하겠다고?'

놀라운 패기였다.

돈 많은 차준후가 이런 말을 하니 그의 마음에 영향을 크게 끼쳤다. 엄청난 투자 금액을 알게 됐고, 부정적이던 대한민국의 조선 산업에 대한 생각이 단번에 긍정으로 바뀌었다.

다른 사람이 이런 이야기를 했다면 거짓말을 한다고 여겼을 것이다.

그러나 차준후의 경우는 달랐다.

스카이 포레스트가 벌어들이고 있는 금액은 천문학적이었다.

차준후는 수억 달러 혹은 수십억 달러를 투입하는 것이 가능한 사내였다.

덴마크가 왜 스카이 포레스트의 유럽 지사를 유치하기 위해 혈안이 되어 있던가!

엄청난 이익이 떨어지기 때문이었다.

저번에 나왔던 덴마크 경제 연구소의 보고서에는 최소 10억 달러의 경제적 효과가 예상된다고 나왔다. 유럽의 선진국인 덴마크도 결코 무시할 수 없는 거액이었다.

"투자하는 금액이 늘어난다면 분명히 성공 가능성이 있습니다."

사업의 실패는 성공하는 순간까지 버티지 못하기 때문이다. 망하는 건 돈이 부족하기 때문이었다. 막말로 돈으로 처발라 가며 버틸 수 있다면 언젠가는 성공을 맛볼 수 있다.

"대사님도 알다시피 제가 돈이 부족하지는 않습니다.

덴마크가 볼 때, 조선소 산업에 필요한 돈이 더 있다면 요구하셔도 됩니다."

차준후가 호기롭게 선언했다.

돈을 버는 건 사용하기 위함이었다. 조선소 산업은 번 돈을 투자하기에 아주 적격이었다.

"차준후 대표의 명성은 유럽에서도 알아주고 있어요."

스카이 포레스트는 화장품으로 거액을 벌어들이고 있었다. 명성이 높아질수록 화장품 판매가 늘어나고 있었고, 벌어들이는 돈이 많아졌다.

아직 정식으로 진출하지 않았지만 유럽에서도 명성을 날리는 차준후였다. 이번에 스카이 포레스트 시크릿을 방송하면서 그 명성이 더욱 높아졌다.

다른 사람들이 볼 때 놀라운 성과였다.

"덴마크의 조선소와 기술 협력을 맺을 수 있도록 주선해 보겠습니다. 우리 덴마크에는 유럽 최대의 해운사인 머크스사의 거대 컨테이너선을 발주받아 건조하는 세계적으로 유명한 오덴세 조선소가 있습니다."

"주선해 주신다니 감사합니다. 다만 모든 과정은 최대한 서둘렀으면 좋겠습니다."

유럽인들은 큰 사업을 할 때 신중에 신중을 기했다.

일례로 대현이 울산조선소를 설립할 때, 서독의 전문가는 조선소의 레이아웃을 설계하는 데 최소 18개월에서 최대 24개월이 소요된다고 이야기했다.

레이아웃은 부서 작업 센터, 기계 등의 배치를 의미하는데, 조선소의 경우엔 조선소 형태, 도크 규모, 크레인의 위치, 환경을 고려한 설계도를 뜻했다.

이러한 설계도를 만들어 주는 기술료로 580만 달러를 요구받았는데, 금액도 금액이지만 18개월에서 24개월이라는 시간이 더 큰 문제였다.

심지어 이게 설계도를 만드는 데 걸리는 시간일 뿐, 이후 기술자의 교육 훈련까지 필요하다는 점을 감안하면 더 많은 시간이 필요했다.

무엇이든 빨리빨리 처리하려는 한국인들에게 있어 그토록 오랜 시간이 걸리는 건 견딜 수 없는 부분이었다.

"음! 그건 알아봐야 합니다. 최대한 서둘러 달라고 하면 어느 정도를 말하는 건지요?"

"서독에서 1년 반에서 2년 정도를 예상하고 있다고 하더군요. 반년 정도를 생각하고 있습니다."

"그건 어렵습니다. 정확한 건 알아봐야겠지만 최대한 빨리 도와 드리려고 해도 한계가 있어요."

알버트 요한이 조금 곤란한 표정을 지었다.

사실상 어렵다는 소리였다.

무리한 요구였다.

일과 시간에 정해진 업무를 정확하게 해결하는 유럽인

들은 초과 근무와 작업량 초과 달성 등에 대해서 무척이나 깐깐했다.
 덴마크의 관계자들이 열심히 일한다고 해도 서독의 예상 시간에서 한두 달 정도 줄일 수 있을 것이다. 여기에서 더 시간을 줄이려고 하다가는 사단이 일어난다.
 과도한 근무와 작업량 요구는 유럽인들에게 학대나 다름없었다. 이익이 막대한 사업이라고 해도 근로자들을 학대하며 수주할 수는 없는 노릇이었다.
 유럽과 아시아는 문화적으로 다른 부분이 많았다.
 그가 주한대사로 근무하면서 한국인들을 보고 놀란 점이 몇 가지 있었다.
 그 가운데 하나는 바로 한국인들의 근면성이었다.
 유럽의 근로자들이 일 년을 넘게 걸려 완성할 건물을, 한국의 근로자들은 4개월도 채 안 되어서 완성시켜 버리곤 했다.
 공사를 날림으로 했다거나 하여 건물에 하자가 발생하는 것도 아니었다.
 그저 유럽에서는 하루에 정해진 작업량만큼만 정확하게 일하는 반면, 한국은 밤낮을 가리지 않고 정해진 작업량보다 많은 양을 하루 내에 처리하기 때문에 벌어지는 일이었다.
 유럽인의 시각으로 볼 때, 한국인들은 일에 미친 게 아닐까 싶을 정도로 열정적이었다. 그것을 똑같이 요구한다는 건 있을 수 없는 일이었다.

그러한 알버트 요한의 우려를 알아차린 차준후는 준비해 온 방법을 제시했다.

"무조건 시간을 단축시켜 달라는 게 아닙니다. 기계, 건축, 토목 등 각 방면에서 유능한 한국인 기술자들을 오덴세 조선소에 보내면 어떨까 합니다."

"기술자들의 훈련을 진행하는 동시에, 숙달되는 즉시 곧바로 설계 작업에도 투입하겠다는 거군요."

알버트 요한이 손으로 무릎을 탁 치면서 소리쳤다.

유럽인들만이라면 레이아웃을 만드는 데 최대 24개월이 걸리지만, 그 작업에 열정적인 한국인들이 합류하면 상황이 달라진다.

"맞습니다."

차준후는 고개를 끄덕였다.

"기발한 방법입니다. 그거라면 시간을 크게 단축할 수 있겠어요. 한국인들은 정말 빠른 일 처리를 좋아하는군요."

"유럽에 비해 모든 게 부족합니다. 빠르게 일 처리를 해야 부족한 걸 따라갈 수 있지요."

차준후는 최빈국이 선진국을 따라가기 위해서는 부단히 노력해야 한다고 생각했다.

"음…… 아무래도 이 문제는 차준후 대표가 오덴세 조선소와 직접 협의하시는 편이 빨리 처리될 것 같습니다."
"직접 의논을 하는 게 좋기는 하지요."
차준후가 잠시 망설였다.
덴마크에 가서 이야기하는 것까지는 좋았다.
그렇지만 덴마크까지 날아가는 것이 곤욕이었다.
이 시기 항공편으로는 30시간은 족히 걸리는데, 그 긴 시간을 비행기 안에서 쪼그리며 간다고 생각하니 벌써부터 진절머리가 났다.
터보 프롭 비행기는 비행시간이 무척이나 길었고, 직항도 없어서 여러 국가를 경유하며 덴마크까지 비행해야 했다.
비행시간이 무척 곤혹스러운 차준후는 제트 여객기가 너무나도 그리웠다.
'바잉사의 707 제트 여객기가 상용화됐는데 왜 아직도 터보 프롭 비행기를 타야 하는지 모르겠네.'
미국에 갔을 때 알아보니까 바잉사가 제트 여객기 707-320을 상용화했다. 미국을 대표하는 팻암 항공사가 국제선에 707-320 여객기를 투입하고 있었다.
그렇지만 아직 아시아권에서는 제트 여객기보다 터보 프롭 비행기들이 많았다.
한국에서 덴마크까지 가려면 아직까지는 터보 프롭 비

행기들을 타야만 하는 처지였다.

'제트 여객기를 구매하고 싶다.'

차준후는 해외로 나갈 때의 편의를 위해서 제트 여객기를 구매할지 진지하게 고민했다.

이번 기회에 항공사를 설립하는 것도 괜찮아 보였다.

저번에 김포공항으로 오가는 항공사들이 표값을 높게 받는다고 하지 않았던가.

소위 바가지를 당하는 한국인들을 위해 제트 여객기들을 구매하는 것이다.

명분이 아주 좋았다.

해외로 나갈 때의 자신의 불편함을 해소하는 게 진정한 이유였지만 말이다.

'정영주 회장만 덴마크로 보낼까?'

차준후는 조선소 산업을 펼치는 데 필요한 귀찮고 번거로운 과정을 대현그룹과 정영주 회장에게 떠넘길까 고민하였다.

덴마크와 주선을 해 준 것만으로도 대현그룹의 조선소 산업에 활로를 뚫어 준 것이었다.

'제임스 보위의 말처럼 비행기 타는 걸 정말로 싫어하는구나.'

눈치 빠른 알버트 요한은 차준후의 망설이는 이유를 알아차렸다.

그는 제임스 보위가 한국에 머무를 때 많은 시간을 함께했다. 두 사람은 많은 대화를 주고받았다.

그 대화의 상당 부분은 차준후에 대한 이야기였다.

'비행기를 타면 즐겁고 기쁜데 왜 저렇게 질색하는 걸까?'

외교관이었기에 비행기를 자주 타는 알버트 요한이었다. 스튜어디스들이 서비스해 주는 비행기를 타면 쾌적하고 즐거웠다. 비행기를 자주 타려고 외교관이 되었다는 사람들도 있을 정도였다.

"전용기를 스카이 포레스트에 선물하겠다는 제안을 받으셨다고 들었습니다."

"덴마크에 유럽 지사를 설치한다는 단서가 붙어 있었죠."

"차준후 대표를 본국까지 모셔 갈 수 있는 비행기를 보내 달라고 연락하겠습니다. 그러면 덴마크에 가실 의향이 있으십니까?"

"직항이면 그나마 괜찮겠네요. 좋습니다."

유럽에 가서 해야 할 일들을 떠올린 차준후가 덴마크행을 받아들였다.

우선 가장 먼저 떠오른 건 향수였다.

봄과 함께 초목에 싹이 트고 꽃이 폈다.

향수를 만들 수 있는 원료들이 전국에서 꽃망울을 터트

렸고, 이에 따라 스카이 포레스트에서는 향수를 만들 수 있는 준비를 하고 있었다.

향수 외에 피혁에 대해서도 관심이 많았다.

향수와 피혁은 세계적으로 유럽이 유명했고, 기술도 최고로 평가받는다.

"차준후 대표, 혹시 유럽 진출은 언제쯤으로 생각하고 있습니까? 결정을 내리셨소?"

알버트 요한이 은근히 물었다.

덴마크에서 자꾸 채근하고 있었기에 묻는 것이다.

덴마크 정부와 의회 관계자들은 스카이 포레스트 유럽 지사를 간절히 원하고 있었다. 유럽 지사를 유치하기 위한 각축전이 벌어지면서 덴마크는 답답하고 괴로워했다.

스카이 포레스트 유럽 지사가 조만간 프랑스에 설립된다는 소문이 유럽 국가들 사이에 흘러 다녔다. 사실 덴마크가 프랑스에 비해 밀리는 게 사실이었다.

프랑스에서 스카이 포레스트에 아주 커다란 혜택을 제공했다는 소문 또한 떠돌았다. 공식적으로 확인되지는 않았지만 덴마크가 알아보니 사실로 판별 났다.

가장 빨리 유럽 지사 유치를 희망했던 덴마크로서는 안타까운 일이었다.

"조금 더 시간이 필요하다고 생각했었습니다."

"했었다고요?"

알버트 요한이 고개를 갸웃거렸다.

"그동안은 국내와 미국의 수요를 충당하는 것만으로도 빠듯했습니다. 그러나 이번에 론도 생활 화장품을 인수하며 상황이 바뀌었죠. 유럽의 수요도 감당할 수 있을 만큼 생산량을 늘릴 수 있게 되었으니, 유럽 진출을 본격적으로 고려할 계획입니다."

차준후가 유럽 진출에 대한 속내를 밝혔다.

"드디어 유럽 지사에 대한 결정을 내리려고 하는군요."

알버트 요한이 얼굴을 굳혔다.

스카이 포레스트의 유럽 지사가 얼마나 대단한지 덴마크에서 보내 준 서류를 보고서 알게 됐다.

덴마크의 산업 연구소에서는 향후 화장품 산업에 대해서 면밀하게 살펴봤다.

세계 각국의 화장품 생산 능력, 향후 화장품 사용량, 미국에서의 화장품 주문 물량, 화장품 시장의 미래 발전 방향 등을 연구했다.

화장품 산업이 아주 유망하다는 걸 파악했다.

세계 경제가 활성화되면서 화장품을 원하는 여성들은 더욱 늘어나고 있었다.

사실 유럽에서는 일부 여성들만 화장품을 사용했다.

피부 자체가 건조한 여성들이 많았고, 여성들은 화장할 필요를 많이 느끼지 못했다. 게다가 개성을 중시하는 문화적 특성을 가지고 있어서 맨얼굴을 드러내고 다니는 여성들이 많았다.

그러나 화장품을 사용하지 않는 여성들도 피부의 처짐이나 주름은 신경 쓴다. 노화를 싫어하는 건 여인들의 본능이었다.

SF-NO.1 밀크.

유럽 여성들에게 항노화 제품인 SF-NO.1 밀크는 단순한 화장품이 아니었다. 입소문이 퍼지면서 SF-NO.1 밀크를 구매하는 여성들은 점차 늘어났다.

한국산 화장품을 사용해 본 사람들의 입소문이 주변 사람들의 구매 의사에 긍정적인 영향을 미쳤다.

화장품은 광고 및 입소문 효과가 무척 큰 산업이었다. 유럽의 여인들 사이에 스카에 포레스트에 대한 입소문, 즉 구전 효과가 점점 커져 갔다.

여론을 좌지우지할 정도로 여인들의 입소문 효과는 무시무시하다. 국경을 맞대고 있는 유럽 국가들은 경제 및 교역을 확대하고 있었고, 자연스럽게 입소문이 널리 퍼져 갔다.

유럽 여성들의 화장에 대한 가치관이 서서히 바뀌어 갔다.

텔레비전의 보급이 결정적이었다.

화장한 배우들이 화려한 모습을 텔레비전 영상을 통해

매일 보여 줬고, 남자와 여자 모두 화장한 배우들의 아름다움에 반했다.

드라마와 영화 등을 보면서 화장에 대한 욕구가 여인들의 마음에 조금씩 자라났다. 자연스럽게 화장품의 판매량이 지속적으로 늘어나고 있었다.

"이제 결정을 내릴 때가 됐지요."

"덴마크에서는 스카이 포레스트 유럽 지사의 부지를 무상으로 제공하고, 생산 공장이 필요하다면 모든 협조를 아끼지 않을 생각입니다."

알버트 요한이 적극적으로 나섰다.

유럽 지사를 유치할 수만 있다면 덴마크에는 일자리가 대폭 늘어나고, 유기적인 협력 관계를 맺는 기업들이 성장하고, 국가에서 봤을 때도 세금을 잔뜩 확보할 수 있었다.

특히 스카이 포레스트는 여느 기업과 달리 절세를 위해 자본과 인력을 투자하지 않았다. 세금을 줄이려고 자본과 인력을 쓸 바에야 차라리 기업 성장에 투자하는 것이 낫다고 판단한 것이었다.

확실한 방법의 절세는 하고 있지만 탈세로 보일 일말의 여지라도 있으면 시원하게 세금을 지불했다.

국가 입장에서 봤을 때 아주 착하고 고마운 기업이었다.

이것이 여러 유럽 국가들이 더욱 스카이 포레스트 유럽 지사를 원하는 이유이기도 했다. 유치만 하면 엄청난 세금을 거둘 수 있었으니까.

각국의 유럽 지사 유치에 대한 연구 결과 보고서는 신제품인 실프 마스크팩과 무스가 나오기 전에 나온 것이었다. 신제품으로 무장한 스카이 포레스트의 유럽 진출은 종전보다 훨씬 파괴력이 클 수밖에 없었다.

예전의 보고서는 이미 옛날 것이 되고 말았다.

유럽 각국의 경제 연구소와 산업 연구소들은 다시 한번 스카이 포레스트의 파급 효과를 정확하게 파악하기 위해 조사 중이었다.

실프 마스크팩과 무스는 세상에 없던 화장품들이었다.

그렇기에 경제적 파급 효과를 정확하게 알아내기 어려웠다. 경제 연구소마다 경제 효과에 대해 상이한 보고서를 내놓았지만, 공통적으로 각각의 화장품들이 최소 1억 달러의 경제 효과를 본다고 판단하였다.

조선소 레이아웃 기술료가 580만 달러였으니, 1억 달러는 그야말로 엄청난 거액이었다. 그것도 겨우 화장품 하나의 최소 효과일 뿐이었다.

대단한 일이었기에 덴마크를 비롯한 유럽의 각국이 출혈을 감수해 가면서 스카이 포레스트를 유치하려고 난리였다.

"스카이 포레스트의 유럽 지사가 덴마크에 설립되었으면 좋겠습니다."

알버트 요한은 다른 국가에 스카이 포레스트를 빼앗기고 싶지 않았다.

하지만 차준후에게 자신의 생각을 강요할 수는 없었다.

국제 정치에서 각국이 자국의 이익을 위해 움직이는 것처럼 사업가와 기업들도 더 많은 이익을 얻기 위해서 나아가는 법이었다.

그로서는 그저 차준후에게 잘 봐 달라고 공손하게 부탁할 수밖에 없었다.

"덴마크에는 기회가 있습니다. 다른 국가와 조건이 비슷하다면 저는 덴마크를 선택할 겁니다. 덴마크는 처음에 저에게 따뜻한 손을 내밀어 준 국가이니까요."

차준후가 웃으며 이야기했다.

SF 우유와 목장을 만들 수 있게 도와준 덴마크의 호의를 잊지 않고 있었다. 덴마크는 순수한 호의가 아니라 이익을 생각해서 차관과 기술 제휴를 해 준 것이었지만 그래도 도움을 받은 게 많았다.

물론 의례적인 이야기였다. 차준후는 다른 국가들보다 조건이 나쁘면 기꺼이 덴마크를 버릴 준비가 되어 있었다.

그리고 이런 차준후의 의도를 알버트 요한도 잘 알고 있었다. 정말로 덴마크에게 고마워하고 있다면 차준후가 지금처럼 선택을 질질 끌지는 않았을 테니까.

"좋게 생각해 주는 차준후 대표의 마음이 너무 고맙습니다."

알버트 요한은 처음 차준후를 만났을 때가 떠올랐다.

참으로 많은 게 바뀌었다.

대사관으로 올 때 상공부 서류와 은행 잔고 증명서를 가지고 왔던 차준후였다. 그러면서 덴마크에 차관을 부탁하고, 기술 제휴까지 요청했다.

당시에는 덴마크가 우위에 있었다.

그러나 이제는 차준후에게 덴마크가 간절하게 매달리고 있는 상태였다.

이 세상에 존재하지 않았던 놀라운 화장품들을 지속적으로 만들어 내고 있는 놀라운 존재가 바로 차준후였다. 아니, 차준후는 화장품을 비롯해서 여러 분야에 재능과 능력을 갖춘 천재였다.

'세상을 송두리째 바꿀 수 있는 천재!'

알버트 요한이 차준후에게 탄복했다.

외교관이기에 세상을 많이 돌아다녔다.

유럽과 미국, 아시아 국가들을 방문하면서 소위 천재라고 하는 사람들을 많이 만나 봤다. 천재라고 소개받은 사람들은 머리가 총명하거나 특출한 능력을 갖췄다.

그러나 어느 나라를 가도 매번 만날 수 있는 그저 그런 천재들이었다.

차준후는 무늬만 천재인 사람들과 달랐다.

'차준후 대표와 같은 사람은 만나 보지 못했다.'

알버트 요한이 난생처음으로 만나 보는 진정한 천재였다. 작정하고 움직이면 항상 폭발적인 반응을 이끌어 내는 차준후에게 놀랄 수밖에 없었다.

'무엇보다 탐욕스럽지 않아. 인성이 아주 착해. 홀로 잘 사는 것이 아니라 직원들과 함께 이익을 공유하려고 하고 있어.'

이것이 알버트 요한이 차준후를 가장 높이 평가하는 부분이었다.

한국에서 잘나가고 있는 사업가들은 대부분 문어발로 기업을 확장시켰다. 많은 계열사를 거느리면서 닥치는 대로 사업 영역을 키웠다.

그리고 그를 통해 많은 돈을 벌어들이고 있지만 기업들은 직원들에게 아주 쥐꼬리만 한 월급만 지급했다. 또한 복지 또한 아주 야박했다.

반면 스카이 포레스트는 풍족한 월급과 유럽에 버금갈 정도의 복지 혜택을 직원들에게 제공했다.

이 시대의 다른 사업가들처럼 차준후가 모든 이익을 독

점한다고 해도 직원들은 아무런 말을 하지 못한다. 불평을 내뱉을 수는 있지만 결국 곤란해지는 건 직원들이었다.

하지만 차준후는 자신의 행동을 당연하다 여겼다.

21세기 정신을 가진 사업가라면 마땅히 직원들을 챙겨야만 했다. 지금처럼 실업자가 넘치는 시기가 아니었다. 좋은 직원을 모셔 오려면 많은 월급과 복지 혜택을 제공해야만 가능하였다.

1961년에서 살아가고 있지만 그의 정신은 21세기에 머물러 있었다.

육체와 정신적으로 괴리감이 있다고 할까?

아무튼 21세기에 소시민으로 살았던 차준후는 특별히 직원들을 신경 쓰는 것이 아니었다. 그저 21세기의 익숙한 회사 정책들을 1960년대에 꺼내 든 것이다.

다만 그것이 사람들에게 너무 앞서나간 것처럼 보인다는 게 문제였다.

어지럽고 혼란스러우면서 가난한 대한민국이었다.

대한민국이 암울한 상황에 빠질수록 차준후는 눈이 부실 정도로 찬란한 빛을 발했다. 대한민국에서 차준후는 어둠을 몰아내는 태양처럼 강렬한 존재감을 드러냈다.

착한 사람!

1960년대의 한국인들과 알버트 요한에게 비친 차준후

의 모습이었다.

"알버트 대사님이 고생을 좀 해 주세요."

"고생이라니요. 즐거운 일을 할 수 있게 해 줘서 고마울 따름입니다. 제가 곧바로 본국으로 사람을 보내서 빠르게 진행될 수 있도록 조치하겠소이다."

"이만 가 보겠습니다."

차준후가 의자에서 일어났다.

"제가 배웅해 드리죠."

알버트 요한이 밖까지 따라나섰다.

그의 눈에 반짝거리는 포드 차량 세 대와 함께 차량 주변에 서 있는 건장한 체격의 경호원들이 보였다.

"그럼 다음에 뵙죠."

"조만간 좋은 소식을 전달하겠습니다."

두 사람이 악수를 하고 헤어졌다.

차준후가 차량에 다가서자 표주봉이 재빨리 뒷좌석의 문을 열어 줬다.

"타시죠, 대표님."

"고마워요. 회사로 가 주세요."

차준후가 뒷좌석 시트에 몸을 기대며 목적지를 말했다.

경호원들이 차량에 탑승하였고, 포드 차량 세 대가 덴마크 대사관을 떠나갔다. 덴마크 대사관에서 떠난 포드 차량들이 용산 후암동을 향해 움직였다.

'정말 많이 컸구나.'

경호원들과 함께 움직이는 모습을 보면서 변한 차준후의 위상을 뼈저리게 느끼고 있는 알버트 요한이었다. 그는 잘나가고 있는 차준후에게 좋게 보여야 한다고 생각했다.

"차준후 대표가 원하는 걸 모두 들어줘서 반드시 대한민국의 조선소 산업을 덴마크가 맡아야 해."

알버트 요한이 열정을 불태웠다.

정년퇴직이 멀지 않았기에 편안한 노후를 보낼까 했는데, 늘그막에 열정적으로 일하게 됐다. 대한민국의 조선소 산업은 덴마크의 국익을 위한 길이었다.

외교관으로 처음 부임했을 때 국가를 위한다는 마음을 가지고 일했다.

그때와 같은 마음이 새록새록 솟아났다.

"빨리 처리하자."

알버트 요한이 잰걸음으로 건물 안으로 들어갔다.

서류 작성과 함께 해야 할 일들이 많았다.

기회를 놓치지 않으려면 빠르게 움직여야만 했다.

조선소 산업에 다른 국가들이 접근하면 기회가 사라질지도 몰랐다.

* * *

　서울 무교동 대현그룹 본사 회장실.
　책상과 테이블, 의자 등 있어야 할 것만 단출하게 있는 실용적인 실내였다. 실내의 모습이 정영주의 소박하면서 꾸미지 않는 성격을 여실히 보여 줬다.
　책상 위에는 서류들이 수북하게 쌓여 있었다. 모두 거제도에 설립한 조선소와 관련된 서류들이었다.
　사실 거제도에 조선소를 설립하기로 확정하기까지 우여곡절이 많았다. 거제도에 조선소를 설립하게 됐다는 이야기를 듣고 대현그룹 내부에서 거센 반발이 일어났다.
　'섬이라서 어렵다.'
　거제도가 섬이기에 불가능하다는 것이었다.
　'섬이니까 더 좋은 거다. 다리만 놓으면 별 볼 일 없는 거제도 땅을 금싸라기로 바꿀 수 있어.'
　정영주가 간단하게 해법을 제시했다.
　직접 거제도로 가서 살펴봤는데 통영시 용남면과 거제도 사등면에 다리를 연결하면 될 것 같았다.
　'거제도에 연륙교를 건설할 거다.'
　정영주의 생각이 아닌 차준후에게 들었던 내용을 그대로 되풀이했을 뿐이었다.

모두가 안 된다고 할 때 차준후가 천재스러운 면모를 유감없이 드러냈다.

거제도에 조선소를 설립하라고 제안할 때부터 차준후는 거제대교를 놓을 생각이었다. 애당초 연륙교가 놓이지 않은 거제도는 생각도 하지 않았다.

차준후에게 거제도는 섬이 아니라 차를 타고 언제든지 들어가고 나올 수 있는 육지였다.

거제도는 섬이었지만 연륙교가 지어지면서 육지화됐다.

거제대교는 1965년 착공하여 1971년 4월에 준공됐다.

영세 농업 지역이었던 거제도는 거제대교의 가설과 함께 획기적인 지역 발전의 기틀을 마련한다.

대현그룹은 한강에 다리를 보수할 기술을 가지고 있었지만 바다 위에 다리를 짓는 기술과 장비 등을 보유하고 있지는 못했다.

돈으로 해결하자!

해외에서 기술과 장비를 도입하면 된다는 물주 차준후의 이야기에 정영주가 무릎을 탁 쳤다.

740m의 연륙교를 건설하는 건 국내 건설사들에게나 불가능한 거지, 해외의 유명 건설사들에게는 어려운 공사가 아니었다.

'해외 건설사들과 연륙교를 함께 지으면 기술과 공법을

배울 수 있어.'

 정영주는 이번 연륙교 건설을 크게 반겼다.

 거제대교 때문에라도 무조건 거제도에 조선소를 만들어야만 했다.

 대현그룹의 심장이라고 할 수 있는 대현건설개발이 크게 성장할 수 있는 절호의 기회였다.

 원 역사에서 거제대교를 시공한 건설사는 대현건설개발이었다. 이번에도 거제대교 공사에 대현건설개발이 한 발을 걸치게 됐다.

 결국 대현그룹은 금싸라기 땅으로 변모할 거제도의 땅들을 닥치는 대로 사들이고 있었다.

 조선소를 지으려면 엄청난 크기의 땅이 필요했다.

 만약 부산과 울산에서 필요한 땅을 매입하려고 했다면 부동산 투기를 한다며 난리가 일어날 수도 있었다.

 국민들은 대기업의 부동산 투기에 무척이나 민감했다.

 실제로 대기업이 사업하겠다고 땅을 샀다가 사람들의 투서와 고발 때문에 고생하는 경우도 있었다.

형광등

 거제도는 사업하는 데 있어 불모지나 다름이 없는 황량한 섬이었다.
 부동산 투기 걱정은 하지 않아도 됐다.
 대현그룹은 스카이 포레스트에서 들어온 천만 달러를 이용해서 땅을 닥치는 대로 매입하였다.
 땅 주인들은 가치가 높지 않은 거제도의 땅을 기꺼이 팔아치웠다.
 땅을 매입하는 일은 순조롭게 진행됐다.
 그렇지만 국내에서 방귀 꽤 뀐다는 대현그룹에게도 조선소는 벅찬 사업이었다. 조선소 사업을 진행하는 초기부터 수많은 난관이 툭툭 튀어나와 발목을 잡았다.
 "에잉! 마음에 들지 않아."

정영주가 일본과 미국, 영국으로 출장 갔다가 돌아온 직원들이 낸 서류를 살펴보고 있었다.

하나같이 안 된다!

어렵다!

시간이 오래 걸린다!

협상 결렬!

서류들에는 조선소 설립에 대한 레이아웃과 기술 협력에 대한 보고가 적혀 있었다. 어떤 방식으로 기술 협력을 하며, 기술료로 얼마를 요구하고, 공기가 어느 정도 걸린다는 보고들로 빼곡했다.

공사하는 데 걸리는 기간 단축!

정영주가 출장 가는 직원들에게 가장 최우선으로 요구한 것이었다.

정영주는 조선소 설립과 공사 기간을 단축시킬 수 있으면 기꺼이 바가지를 당할 용의가 있었다.

"에휴! 바가지를 심하게 씌우는 건 이해가 간다고. 그런데 왜 레이아웃 단축이 어렵다는 거야. 설계도를 만드는 데 무슨 1년 6개월이 걸린다고 난리인지 모르겠네."

한숨을 내쉰 정영주가 툴툴거렸다.

조선소 설립에 가장 중요한 것이 바로 시간이었다.

최대한 빨리 어선을 만들어야만 했다.

정영주는 자신만큼 성질 급하다는 사실을 차준후를 만

난 첫 만남에 알아봤다. 빠른 어선 납품에 따라서 조선소의 성공 여부가 결정될 수도 있었다.

해외에서의 기술도입과 협력이 답답한 상황이었지만 대현그룹은 바쁘게 움직였다.

"일본 가자마의 조겐 회장에게 부탁을 해야 하나?"

정영주는 일본 기업인 가자마의 조겐 회장과 친분이 깊었다.

가자마 기업은 토목 공학 및 건축 공사에 강점인 회사였다.

대현건설개발은 가자마 기업으로부터 건축 설계와 토목 공학 설계, 엔지니어링 등에 대한 자문을 받은 전적이 많았다.

그러나 도로를 깔고, 댐을 만들고, 건축을 올리는 부분에 있어서 일본에서 잘나가고 있는 가자마 기업도 조선소 공사에 대한 경험은 없었다.

처음부터 알고 있는 기업이 어디에 있겠는가.

정영주는 토목건축에 강점이 있는 가자마 기업이라면 조선소 공사에 대해서도 잘할 수 있다고 아주 단순하게 생각했다.

조선소를 만드는 데 있어서 일반적인 토목건축과 공학 설계 면에서 유사한 면이 있는 건 사실이지만 바다에서 공사한다는 특수성이 존재했다.

안 되는 게 어디 있나?

사내라면 부딪쳐서 어려움을 이겨 내야 하는 법이다.

"내일 당장 일본에 직접 갔다가 와야겠어."

정영주가 일본으로 건너가서 직접 이번 사태를 해결하기로 마음먹었다.

따르르릉! 따르르릉!

탁자 위에 놓인 전화기가 울렸다.

* * *

사장실에서 차준후가 정영주에게 전화를 걸었다.

- 여보시오.

전화기를 타고 정영주의 목소리가 흘러나왔다.

"차준후입니다."

- 무슨 일이시오?

단도직입적으로 용건을 물어보는 정영주였다.

뭐든지 빨리빨리 해결하는 그의 성격이 통화에서도 드러났다. 일례로 그는 음식이 늦게 나오는 식당을 무척 싫어해서 방문하지도 않았다.

"조선소 공사에 있어 난항을 겪고 있다고 들었습니다."

- 다소 난관이 있지만 처리 못할 문제가 아니오. 내일 일본으로 날아가서 담판을 지으려고 합니다.

"레이아웃에 시간이 많이 필요하다면서요?"

- 외국인들은 너무 느긋해서 문제지요. 최대한 빨리 레이아웃이 나올 수 있도록 요구하러 일본으로 가는 겁니다.

"6개월 안에 레이아웃을 완성해 달라고 덴마크에 요구했습니다."

- …… 뭐라고요?

침묵하던 정영주의 놀란 목소리가 들려왔다.

최대 2년이 걸린다는 레이아웃이 6개월로 단축됐다.

이런 공기 단축은 정영주가 예상하고 있는 것보다 훨씬 짧았다. 그는 최대 10개월 안에 레이아웃을 뽑아낼 수 있다고 예상했었다.

- 어떻게 그런 공기가 가능한 거지요?

"외국인들은 느리지만 한국인들은 빠릅니다. 한국인들을 기술 협력을 할 기업에 보내면 문제를 해결할 수 있지요."

짧은 설명이었지만 정영주는 어렵지 않게 차준후의 뜻을 알아차렸다.

- 아……! 그렇군요. 왜 그 간단한 생각을 그동안 하지 못했는지 모르겠소.

정영주가 이번에 차준후에게 크게 배웠다.

안 된다고 빽빽거리는 외국인들에게 빨리해 달라고 요

구할 필요가 없었다. 근면 성실한 한국인들을 파견하면 그만이었다.

아주 그의 마음에 쏙 드는 방법이었다.

"조만간 덴마크에서 연락이 올 겁니다. 그 전까지 덴마크 조선소에 보낼 수 있는 직원들을 뽑아 놓으세요. 그러면 훈련과 기술 제휴를 동시에 할 수 있을 겁니다."

차준후가 조선소 레이아웃과 기술 제휴에 대한 문제를 단숨에 해결해 버렸다. 대한민국에 조선소 산업을 일으키는 데 난제와 장애물이 사라졌다.

덴마크에서 협상을 거절할 수도 있다고?

그럴 가능성이 있는 건 사실이었다.

하지만 조선소가 덴마크에만 있는 건 아니지 않은가? 덴마크 조선소가 거절하면 다른 국가의 조선소를 찾아가면 그만이었다.

- 돈을 앞세워서 문제를 해결한 거군요.

정주영이 이번 거래에 숨겨져 있는 비밀을 알아차렸다.

덴마크 조선소에서 그냥 한국인 직원을 받아 줄 리가 만무했다. 그쪽에 이득을 그만큼 안겨 줘야만 했다.

"돈은 사회적으로 윤활 작용을 해 주지요."

레이아웃에 대한 기술료와 함께 파견 직원들의 교육비를 더 지불하면 시간을 파격적으로 단축할 수 있다.

위기를 기회로 만든 셈이다. 레이아웃 설계 기술까지 배울 수 있는 아주 좋은 기회였다.

차준후가 돈과 인맥으로 대현 조선소의 밝은 앞길을 열어 주고 있었다.

- 덴마크에 보낼 직원들을 뽑아 놓겠소이다.

정영주의 목소리에 신바람이 났다.

일단 일을 시작하면 무조건 성공시킨다는 신념을 가지고 있었는데, 그것이 차준후를 만나면서 더욱 빛을 발휘했다.

물론 조선소 건설에 대한 문제가 완전히 사라진 것은 아니다.

관계 부처와 협상을 해야 하고, 조선소에 진입할 수 있는 도로를 건설하고, 도시계획위원회와 실랑이를 벌이기도 해야 했다.

그냥 조선소를 만들겠다고 해서 뚝딱 만들어지는 것이 아니었고, 정부 관계 부처 및 여러 기관과 협상을 진행해야만 하는 것이다.

그렇지만 이런 건 대현그룹이 아주 잘하는 분야였다.

- 차준후 대표 덕분에 조선소 건설이 아주 술술 풀려 나가는구려. 고맙소이다.

정영주는 답답한 구석을 아주 시원하게 해결해 준 차준후가 무척 고마웠다.

"제 일이기도 하니까요."

- 오늘처럼 기분이 좋은 날 술이 빠질 수가 없지요. 저녁에 미리내에서 두주불사하지 않겠소?

정영주는 기분이 너무 좋은 나머지 차준후에게 술자리를 제안했다. 저번에 술자리를 제안했다가 무안을 당한 기억은 머릿속에서 사라진 지 오래였다.

"일이 있어서요."

차준후가 듣자마자 술자리를 거절했다.

- 사내라면 일이 먼저지요. 그럼 다음에 언제 시간이 납니까?

"제가 오랜 시간 바쁠 예정입니다. 술자리를 가질 수 없습니다."

차준후가 일말의 여지조차 주지 않고 완곡하게 술자리를 가질 수 없다고 말했다.

- 그렇지요. 대한민국에서 차준후 대표가 가장 바쁘겠지요. 나중에 한가해지면 술을 마십시다.

정영주가 거절을 순순히 납득했다.

오랜 시간 한가해지지 않는다고 이야기했는데도 불구하고 정영주는 곡해해 버렸다. 기필코 차준후와 술 한잔 하겠다는 의지를 내보이는 건지도 몰랐다.

차준후로서는 그러거나 말거나 상관이 없었다.

'왜 거절하는 걸 못 알아듣는 것이지?'

차준후가 살짝 얼굴을 찡그렸다.

정영주와 사업을 함께하는 것이지, 술자리를 하고 싶은 게 아니었다. 그리고 술자리 이야기는 더 말을 하고 싶지도 않았다.

"덴마크에서 소식이 오면 연락드리죠. 이만 끊겠습니다."

- 기다리겠소이다. 들어가시오.

흥분된 기색이 역력한 정영주의 목소리를 들으면서 차준후가 전화기를 내려놓았다.

솔직히 이해가 되지 않았다.

"왜 자꾸 술을 마시자고 하는 거야?"

다른 사람이라면 그냥 무시하고 말겠는데 고집스러운 정영주로 인해 살짝 걱정이 되는 것도 사실이었다.

왕고집!

고집스럽게 반드시 원하는 걸 쟁취하고 마는 정영주를 두고 대현그룹 사람들이 이야기하는 것이었다.

온갖 이유를 대면서 거절하겠지만 차준후는 왠지 모르게 언젠가 정영주와 술 한잔을 할 것만 같았다.

* * *

스카이 포레스트 사장실.

공장의 생산 부서와 여러 부서들이 매일 바쁘게 돌아가는 것에 반해, 사장실은 상대적으로 여유로웠다. 사장인 차준후가 사소한 일들을 모조리 밑에 직원들에게 떠넘긴 탓이었다.

차준후는 눈코 뜰 새 없이 바쁘게 일하는 걸 원하지 않았다. 심지어 매일 출근하는 것도 싫었다. 직원이면 휴가나 연차를 낼 수도 있겠지만 사장이었기에 매일 출근하여야만 했다.

매일 책상 위에는 차준후의 결재를 바라는 서류들이 잔뜩 쌓였고, 차준후에게 허락을 구하야 하는 사업들이 적지 않았다. 스카이 포레스트의 사업들과 계열사들, 협력업체들에서 벌어지는 일들이 많았다.

차준후는 여유롭고 자유롭게 살아가고 싶었다.

평범한 회사원이 아니라 자유롭게 연구하고 개발하는 연구원으로 살았던 것도 자유로운 성격 때문이었다.

만약 사장만 아니었다면 절대 지금처럼 일하지는 않았으리라!

커피 향기가 은은히 실내에 감돌았다.

차준후가 시원한 아이스커피를 마시면서 아침의 여유를 즐겼다.

커피를 마시면서 신문의 기사들을 읽기 시작했다.

일면에는 여전히 스카이 포레스트의 기사들이 대부분

차지하고 있었다. 그렇지만 일부 신문들은 사회적 혼란에 대한 기사들을 내보냈다.

장민 정부가 부족한 부분이 있는 건 사실이었지만 민주적으로 개혁을 꾸준하게 시도했고, 미국에서 지지와 지원을 해 주고 있었다.

이런 와중에 사회적 혼란은 점점 심해져 갔다.

장민 정부의 정책들과 사회적 혼란이 겹치면서 군부 내부의 불만이 폭발적으로 일어났다.

「육사 8기생 중심으로 일어난 정군운동」
「정군운동을 주도한 소장 장교들, 구속되다.」
「하극상 사건을 주도한 김종팔 석방! 예비역 편입」
「군부의 부패 타락! 어디까지 지켜봐야 하나?」

이승민 정권의 하야는 군대에도 많은 영향을 끼쳤다.

이승민의 권력욕은 끝이 보이지 않았고, 자유당은 부정 선거를 획책했다가 무너졌다. 이런 부정 선거에는 군대도 한몫을 하고 있었다. 군대에서 치러진 부정 선거 양상은 무척이나 심각했다.

엄청난 부정 선거에 직면한 군부에서는 부정부패 및 과거사 청산을 빌미로 상급 장교들의 퇴진을 요구하는 움직임이 발생했는데, 이것이 바로 정군운동이다.

정군운동은 소장 장교들인 육사 8기생들을 중심으로 일어났다.

육사 8기를 중심으로 한 16인의 소장 장교들이 군법회의의 재판을 받고 구속됐었는데, 석방되면서 군복을 벗게 됐다.

"음!"

기사 내용을 집중하여 읽는 차준후가 침음을 흘렸다.

대한민국 역사와 정치에 한 획을 그은 인물의 등장이었다.

단순히 군부에 머무르고 있는 사안이 아니었다.

정군 문제를 둘러싸고 대한민국과 미국의 대립이 불거졌다.

유엔군 사령관을 비롯한 미군 측은 상급 장교의 퇴진을 요구하는 정군운동을 못마땅하게 여겼다. 상급 상교들의 퇴진은 북한과 휴전하고 있는 한국군의 지휘 통솔에 심각한 지장을 준다는 이유에서였다.

그러나 한국 육군참모총장을 비롯하여 정군운동에 호의적인 군인들은 미군 측의 입장에 대해 내정 간섭이라며 극렬하게 반발했다.

군부 내부에서 알력 다툼이 벌어졌고, 정군운동을 주도한 군인들이 밀려났다. 내정 간섭이라며 반발하던 군인들은 한직으로 쫓겨나거나 옷을 벗어야만 했다.

쿠데타의 시간이 조금씩 다가오고 있었다.

"이제 멀지 않았구나."

방관자의 위치에 선 차준후는 군부에서 벌어지고 있는 상황을 예의주시하고 있었다. 비록 방관한다고 했지만 이 역사의 흐름에서 벗어날 수는 없었기 때문이었다.

박정하 장군의 쿠데타에 어떠한 간섭도 하고 싶지 않았다. 장민 정부에 쿠데타가 일어난다고 조언을 할 마음도 없었다.

미국의 조언조차 듣지 않는 정권이 차준후의 말을 귀담아듣겠는가.

방관한다는 지금의 선택으로 인해 군부의 총칼 앞에서 가지고 있는 모든 걸 잃을 수도 있었다. 잘나가고 있는 차준후도 쿠데타의 흐름 앞에서 자유롭지 못했다.

혼란기를 틈타 권력을 쟁취하는 쿠데타는 광기를 띠고 있었다.

"역사는 똑같이 흐를 것인가?"

박정하가 1961년 5월에 역사의 전면에 등장할까?

차준후의 등장으로 대한민국의 역사와 흐름 등이 바뀐 것이 사실이었다. 바뀐 부분들이 많았지만 지금까지 굵직굵직한 일들은 원 역사대로 흘러갔다.

불만이 팽배한 군부는 용광로처럼 달아올라 있었다.

박정하 장군을 막는다고 해서 쿠데타가 사라진다고 장

담할 수 없었다.

 또 다른 쿠데타의 주인공이 등장하지 않는다고 누가 장담할 수 있는가?

 정치와 군부의 일을 멀리하고 있는 개인이 살펴볼 수 있는 부분에는 한계가 분명했다. 혼란스러운 정국에서 권력 다툼은 많은 것이 얽혀 있어 모든 걸 안다는 건 불가능했다.

 권력을 차지하기 위한 다툼은 예로부터 치열한 걸 넘어서 잔혹하다. 사람들은 때로는 시체를 산처럼 쌓고, 상대를 죽여서라도 권력을 차지하려고 날뛴다.

 "하아!"

 방관하겠다고 결정을 내려놓았지만 차준후는 한숨을 내쉬었다.

 피 흘리는 쿠데타를 떠올리자 흔들렸다.

 역사를 알고 있기에 이번 쿠데타에서 결정적인 역할을 할 수도 있었다. 박정하 장군의 쿠데타가 실패하게 만드는 것도 가능했다.

 문제는 거기까지라는 점이었다.

 역사에서 벗어나는 변수가 갑작스럽게 발생하면 차준후로서도 대처하기가 어려웠다.

 역사의 수레바퀴는 흘러간다.

 암암리에 쿠데타의 조짐은 보이고 있었다.

신문 기사들을 살펴보면 쿠데타와 이어지는 연결고리가 많았다.

"이미 폭탄이 심어져 있다. 터질 때가 머지않았어."

이 시대의 대한민국은 자유민주주의를 표방했지만, 경제적으로도 사회적으로도 자유민주주의와는 아직 거리감이 있었다.

부정부패가 만연한 정부 아래에서 국민들은 거짓된 민주주의를 누리고 있었다.

"말이 좋아 민주주의이지, 대한민국은 아직 진정한 민주주의를 누리기에 부족한 게 많아."

미래를 아는 차준후는 작금의 대한민국을 보며 안타까울 때가 많았다.

한숨을 내쉰 차준후가 가만히 눈을 감았다.

눈앞에 아무것도 보이지 않았다.

깊은 침묵에 빠져 들어가는 가운데 깜깜했다.

차준후의 머릿속에 수많은 사념이 스치고 지나갔다. 그건 다른 사람들에게 설명할 수 없는 미래에서 과거로 회귀한 사내의 고민이었다.

미래 지식과 역사를 안다는 것이 오히려 고통으로 다가왔고, 방관한다는 자체가 마치 큰 잘못처럼 느껴졌다.

빈곤한 대한민국을 부유하게 바꿔 나가고 있었지만 그는 여전히 한 명의 개인일 뿐이었다.

형광등 〈85〉

차준후가 감았던 눈을 떴다.

의자에서 일어나서 창문 밖을 바라보자 하늘이 푸르렀고, 공장을 통해 차량과 쌀집 자전거, 사람들이 분주하게 오갔다.

1960년에 깨어나고 난 뒤 그야말로 좌충우돌하면서 달려왔다. 뚜렷하게 세운 계획 없이 충동적으로 저지른 일들이 많았다.

이제 5월이 두 달도 남지 않았다.

괜히 마음이 싱숭생숭해졌다.

그렇게 끝없이 이어지는 사념들 속에서 마음이 울적해지고 있을 때였다.

따르르릉! 따르르릉!

전화기 소리에 차준후의 상념을 깨뜨렸다.

그가 전화기를 들었다.

* * *

광신전기.

스카이 포레스트의 계열사들이 한창 바쁘게 돌아가는 것과 달리 광신전기는 한산했다. 아니, 형광등 개발을 하고 있는 연구소만큼은 분주했다.

올해 초 형광등 개발을 목표로 달렸지만 몇 가지 문제

가 발생하고 말았다.

용산 후암동 스카이 포레스트 정문에 설치된 채널 간판이 수명 1천 시간을 넘기지 못했다. 원하는 수명 3천 시간에 한참 미달하였다.

그로 인해 광신전기의 안성일을 비롯한 기술자들이 전부 달라붙어서 문제점을 살폈다. 한동안 고생한 끝에야 문제를 잡아낼 수 있었다.

형광등 국산화하기까지 여러 가지 문제들이 툭툭 튀어나왔다. 형광등의 색과 밝기를 결정하기 위해 내부에 집어넣는 가스의 종류와 양 등에 있어서도 많은 시행착오를 겪어야만 했다.

굳은 의지로 똘똘 뭉친 기술자와 연구자들이 광신전기 연구소에서 땀 흘리고 있었다.

예정된 개발 시간을 넘겼지만 광신전기의 분위기는 무척 좋았다. 광신전기를 차준후의 전폭적이면서 꾸준한 지원이 뒷받침되고 있었기 때문이었다.

광신전기의 규모는 더욱 커졌다.

양산을 대비하여 미국에서 들여온 생산 설비가 새롭게 설치됐고, 연구소에 신형 장비들이 속속 들어왔다. 연구소에서 연구원들은 이른 아침부터 밤까지 연구에 열중했다.

연구소 숙직실에서 쪽잠을 자고 일어난 안성일이 형광등의 수명을 실험하고 있는 실험실로 향했다.

"오셨습니까?"

"김 주임, 아직 괜찮은가?"

안성일은 자고 있는 동안에 문제가 발생했을지 노심초사했다.

"이번에는 느낌이 좋습니다. 2천 시간을 넘기고 있는데도 조명도가 멀쩡합니다. 앞으로 천 시간 정도는 너끈히 버틸 수 있을 것 같습니다."

실험실 내부에는 수십 개의 형광등이 밝은 빛을 뿜어내고 있었다.

"너무 일찍 김칫국을 먹는 것 같기도 하지만 이번에는 성공한 것 같아."

"보세요! 일본 미쯔바시의 형광등에 비해 전혀 부족함이 없습니다."

실험실에는 광신전기 형광등과 함께 일본 형광등이 함께 반짝거리고 있었다.

비교 실험을 위해서였다.

수입되고 있는 형광등들 가운데 미쯔바시의 형광등이 국내에서 가장 많이 팔렸다. 가격이 다른 제품들보다 저렴하면서도 품질이 좋다고 알려졌기 때문이었다. 다른 수입품들보다 상대적으로 저렴하다는 것이지 가격이 비싼 편이었다.

국내에서 형광등 생산이 전무했기에 가격이 높다고 해

도 울며 겨자 먹기로 사야만 했다. 해외의 업체들은 대한민국의 빈약한 제조업에 대해 잘 알았고, 높은 가격을 불렀다.

"일단 더 지켜봐야겠지만 성공했다고 봐도 괜찮다고 생각합니다. 비싸게 팔아먹는 해외 업체들에게 한 방을 먹일 수 있다고요."

"드디어 국산화에 성공한 것인가……."

안성일이 감회에 빠져들었다.

형광등 개발 과정의 나날들이 파노라마처럼 스치고 지나갔다.

영욕의 세월이었다.

영광보다는 치욕의 날이 더욱 많았다.

어렵고 힘든 나날을 버틴 끝에 귀인인 차준후를 만나서 기사회생하였다. 차주후가 있었기에 위험에서 벗어날 수 있었다.

고진감래라고 했던가!

그렇지만 안성일은 그 씁쓸하고 어려운 길을 다시는 걷고 싶지 않았다.

형광등 국산화!

대한민국의 외화를 절약할 수 있는 일이자, 황금알을 낳는 거위가 된다.

대한민국에 있어 획기적이었다.

밤만 되면 어두워지는 가정을 밝힐 수 있었고, 공장이나 학교 등의 어둠을 몰아내는 것도 가능했다.

아무튼 여러모로 여러 곳에 좋은 일이었다.

안성일의 형광등 개발 인생도 드디어 긴 어둠의 터널을 통과하였다.

"축하드립니다. 드디어 해내신 겁니다."

"고맙네."

안성일의 말은 형광등의 완성 선언이나 마찬가지였다.

오랜 시간 개발한 연구가 드디어 눈앞에서 결실을 드러냈다.

이제부터는 사소한 문제가 발생한다고 해도 기술적으로 대처하는 데 문제가 없었다. 완성까지 위험 부담이 거의 없다고 해도 과언이 아니었다.

'성공했다.'

안성일은 크게 외치고 싶었다.

제자리에서 방방 뛸 정도로 기뻤지만 필사적으로 참았다.

"계속 지켜봐 주게."

안성일이 흥분을 숨기며 김 주임의 어깨를 두드리며 이야기했다. 담담하게 이야기한다고 했는데 목소리가 약간 떨렸다.

"맡겨 주십시오."

김 주임이 흥분을 감추지 못했다.

형광등 완성은 회사에 있어 엄청난 경사였다.
 안성일이 실험실을 나섰다. 복도를 걷는데 흥분으로 온몸이 떨려 왔다.
 짜릿했다.
 구름 위를 걷는 것처럼 기분이 좋았다.
 복도를 뛰다시피 해서 연구소장실로 들어갔다.
 "흐흐흐흐!"
 아무도 없이 홀로 남자 입에서 절로 웃음소리가 새어 나왔다.
 "차준후 대표님."
 주책없이 웃던 와중에 안성일의 뇌리에 한 사람이 떠올랐다.
 물심양면으로 도와준 차준후에게 성공했다는 걸 보여 줄 수 있게 됐다. 차준후의 지원이 있지 않았다면 지금의 영광도 없었다.
 "빨리 소식을 전해야겠다."
 안성일이 전화기를 들었다.
 계획보다 늦은 형광등의 개발 완료였다.

 * * *

 "전화 받았습니다. 차준후입니다."

- 대표님! 드디어 성공했습니다. 실험실에서 형광등이 완성 단계에 올라선 걸 확인했습니다.

전화기에서 흥분한 안성일의 목소리가 흘러나왔다.

"드디어 성공하셨군요."

차준후는 머릿속의 복잡함이 사라지는 느낌을 받았다.

국내 상황이 혼란스러운 가운데 자신의 길을 묵묵히 걷는 사람들이 있었다.

각자의 위치에 해야 할 일을 할 때였다. 1960년대 대한민국의 혼란은 한 명이 막아 낼 수 있는 일이 아니었다.

- 아직 가야 할 길이 조금 남았지만 형광등의 수명이 2천 시간이 넘었습니다.

"축하드립니다."

차준후는 심장이 두근거렸다.

연구원 출신이었기에 오랜 세월 매달려 온 연구 과제를 성공했을 때의 감정을 여실하게 느꼈다. 직접 연구한 것이 아니었지만 계열사의 연구 성과는 곧 차준후의 성공이었다.

- 이제 첫 번째 관문을 통과한 것입니다. 2천 시간을 갓 넘겼을 뿐이니까요. 그렇지만 이제는 목표인 3천 시간에 도달하는 게 어렵지 않습니다.

안성일이 자신감을 드러냈다.

"크게는 대한민국의 경사이고, 작게는 연구소장님의

경사입니다. 대단한 일을 해내셨습니다."

차준후가 흥분했다.

형광등 개발이 가져올 여파가 적지 않았다.

경제와 산업이 발달할수록 조명업계도 함께 발전한다.

차준후는 대한민국의 미래가 얼마나 밝은지 잘 알았다.

광신전기에 투자를 했던 때가 떠올랐다.

신문 기사를 통해 우연히 인수한 광신전기가 황금알을 낳는 거위로 탈바꿈했다. 역사에서 사라지거나 성삼그룹에 인수됐을 광신전기가 스카이 포레스트의 산하에서 빛나고 있었다.

- 대표님이 도와주셨기에 가능한 일이었습니다.

"제가 도와 드린 건 자금을 투입한 게 전부입니다. 연구소장님께서 고생하셨지요."

탄탄대로를 깔아 준 것은 맞다.

하지만 그 길 위에서 어떻게 걸어갈지는 안성일의 몫이었다.

많은 지원을 받고도 성과를 내지 못하는 경우가 허다했다.

- 그것이 얼마나 큰 도움이 되었는지 대표님은 모르실 겁니다.

안성일은 진심으로 형광등 완성의 지대한 공로가 차준

후에게 있다고 생각했다.

 돈 때문에 많이 울었던 안성일이었다.

 돈이 없어서 사채업자들에게 시달렸고, 은행 직원에게 굽실거려야만 했다.

 그는 기업의 대표로 있는 것에 한계를 뼈저리게 느꼈다.

 그래서 광신전기를 차준후에게 넘겼다.

 사실 마음 한구석에는 우려감이 있었다.

 대기업들이 중소기업을 인수 합병하는 과정에는 문제가 많았다. 중소기업의 기술을 탈취하고, 중소기업을 송두리째 빼앗는 게 국내 산업계의 전반적인 풍토였기 때문이었다.

 21세기에 이르러서도 그렇지만, 이 당시에는 대기업들의 횡포에 불합리한 일들을 겪는 중소기업의 수가 상당했다.

 그들은 억울하게 회사의 기술 등을 부당하게 빼앗겨도 어디에 하소연도 할 수 없었다.

 법의 도움을 받으려고 해도 법원은 대기업의 손을 들어줬다. 법으로 대기업을 이기기란 하늘의 별 따기처럼 어려웠다.

 여러모로 중소기업이 사업하기 힘들었고, 대기업은 수월하게 사업을 펼쳐 나갔다.

그러나 이제 국내 대기업의 위치를 뛰어넘어, 세계적인 대기업 반열에 우뚝 올라선 스카이 포레스트는 다른 기업들과 너무나도 달랐다.

광신전기에 투자와 지원을 아끼지 않았고, 간섭을 최소화하고 있었다. 좀처럼 광신전기에 차준후가 방문을 하지도 않았다.

안성일이 사장으로 있었을 때와 달라진 점이 없었다. 부사장이지만 사장으로의 권한은 그대로였다.

직원들의 인사 권한을 가지고 있었으며, 풍족한 자금을 원하는 곳에 사용하는 것도 가능했다. 연구 개발비가 필요하다고 하면 곧바로 엄청난 예산이 회사 통장에 꽂혔다.

"전화 통화로 축하할 일이 아니네요. 맛있는 요리를 먹으면서 축하해야겠습니다."

- 대표님이 사신다고 하면 맛있게 먹겠습니다.

"하하하! 물론 제가 쏴야죠. 기다리세요. 바로 광신전기로 달려가겠습니다."

차준후가 웃음을 터트리면서 기뻐했다.

기쁨은 나누면 배가되는 법!

두 사람이 모두 기쁨에 흠뻑 젖어 버렸다.

- 기다리고 있겠습니다.

* * *

　광신전기의 형광등 개발 성공이 신문 기사로 대대적으로 보도됐다.
　차준후는 형광등을 개발하기 위해 노력한 광신전기와 안성일 박사의 노고를 알리고 싶었다. 그래서 기자들에게 형광등에 관련된 이야기를 퍼트렸다.
　국산 형광등이 정식으로 출시되기 전까지 기다릴 이유가 없었다. 국산 형광등 개발은 외화 지출을 줄이는 것과 함께 전기 사용량을 줄이는 목적도 있었다.
　잦은 정전은 70년대까지 이어진다. 집집마다 머리맡에 양초를 두고 잠을 자야만 할 정도였다.
　집 근처 구멍가게에서 가장 많이 팔리는 품목 가운데 하나가 양초였고, 집집마다 필수품으로 양초들을 구비하고 있었다.
　늘어나는 전기 수요에 비해서 대한민국의 송전망 시설이 부족했다. 전력 부족과 송전망의 부실은 서울이라고 해서 예외는 아니었다.
　스카이 포레스트는 최신식 시설들이 계속 추가되고 있었고, 이는 필요한 전력량 상승으로 이어졌다. 미국에서 들어오고 있는 기계들의 성능은 훌륭했는데 그에 비례해서 엄청난 전기를 소모했다.

국내 수요와 미국 수출 등으로 생산량이 늘어나면서 스카이 포레스트가 사용하는 전력량은 폭발적으로 늘어났다.

스카이 포레스트 공장에서도 정전으로 기계를 돌리지 못하는 경우가 종종 발생했다.

이런 시기에 국산 형광등 개발 완료는 정부와 국민들 모두에게 엄청난 희소식이었다.

「광신전기가 해냈다.」
「전량 수입에 의존하던 형광등! 안성일 박사가 개발하다.」
「형광등 개발 성공.」
「형광등 개발의 일등공신 안성일 박사.」
「국산 형광등 출시! 초읽기에 들어가다.」
「스카이 포레스트와 함께 성공신화를 써 내려가는 광신전기!」

광신전기와 안성일 박사가 해낸 성공신화에 차준후의 이야기가 빠지지 않았다. 실제로 안성일 박사를 단독으로 인터뷰한 이하은 기자의 천하일보 기사에 차준후와 관련된 내용이 실려 있었다.

차준후가 안성일을 추켜세웠고, 안성일은 차준후를 추

켜세웠다.
 두 사람이 서로에게 영광을 돌렸다.
 형광등 국내 개발 완료 소식을 접한 사람들이 신문가판대를 둘러싸고 있었다. 웅성거리는 이야기를 접하자 버스를 타려던 사람과 지나가던 행인들까지 몰려들었다.
 오늘도 차준후 덕분에 신문 판매량이 폭증했다.
 "이번 형광등 개발에는 차준후 대표가 절대적인 영향을 끼쳤구나."
 "차준후가 없었으면 형광등 개발이 불가능했다고 안성일 박사가 말했으니까."
 "국내산 형광등 개발까지 해내다니, 차준후는 정말 대단해."
 "우리 딸 사위로 삼고 싶다."
 기쁜 소식에 사람들이 즐거워했다.
 전량 외국에서 들어오고 있던 형광등을 국내 생산한다는 건 대단한 경사였다.
 "이제 일본 형광등을 국내에서 몰아낼 수 있겠다."
 "더 이상 일본 형광등은 국내에 발을 붙일 수가 없는 거지. 그동안 비싸게 팔아먹었다고 하더라고."
 "우리나라에 빨대를 꽂지 못하고 쫓겨나는 거야."
 일본이라면 치를 떠는 사람들이었다.
 그렇지만 국내에 들어와 있는 공산품들 가운데 상당수

가 일본 제품들이었다. 품질은 비슷하지만 미국 제품보다 가격이 저렴하였기에 사람들은 일본 제품을 구매하였다.

잘사는 집들은 집에 형광등을 달았는데, 그 형광등이 바로 일본 제품이었다.

욕하면서도 막장드라마를 열렬히 시청하는 것처럼 한국인들 가운데 상당수가 일본 제품을 많이 사용했다. 부유한 집들 가운데에는 일본산 밥솥, 라디오, 텔레비전 등이 비치되어 있었다.

이는 대한민국에서 제대로 된 전자제품을 만들지 못하고 있는 탓이었다. 지엘그룹에서 부품을 수입하여 라디오를 만들고 있기는 했지만 그 품질이 떨어졌다.

"이번 형광등은 일본산과 비교해도 품질이 떨어지지 않대."

"우와! 일본 제품과 비슷하면 대단한 거잖아."

"정말로 일본 형광등이 국내에서 모조리 사라지겠다."

"차준후 대표가 손을 댔잖아. 그러니까 대단한 형광등이 나온 거야."

광신전기의 형광등에 대한 이야기를 접한 사람들이 즐겁게 이야기꽃을 피워 냈다. 차준후의 성공신화가 또다시 늘어났다면서 놀라움을 금치 못했다.

형광등 개발의 성공은 안성일 박사가 노력하였고, 이승

민 대통령으로부터 관심을 받은 광신전기의 결과물이었다.

"또 차준후가 성공했군. 형광등 개발에 나서겠다고 할 때부터 난 의심하지 않았어."

"그래? 나는 훨씬 전부터 형광등이 완성된다고 알고 있었다고. 왜? 차준후 대표가 광신전기를 인수했으니까."

"맞아. 그것이면 말 다한 거지."

"차준후가 마음먹고 달려들면 실패할 리가 없어. 진짜 천재잖아."

"올해 초에 형광등을 완성해 내겠다고 말했잖아. 차준후는 입 밖으로 꺼낸 걸 지키는 사람이라고. 다른 사람이 말했다면 거짓말이라 했겠지만 나는 차준후만큼은 믿어."

"차준후는 믿을 수 있는 사업가지."

사람들이 형광등 개발 성공을 차준후의 성공신화 가운데 하나로 여겼다.

자신을 칭송하는 소문에 놀란 차준후가 인터뷰를 통해 안성일과 광신전기의 공로라며 진실을 밝혔다. 그러나 사람들은 차준후를 겸손하다면서 더욱 높이 평가하였다.

"사람 됨됨이가 됐어. 아랫사람에게 공로를 돌리는 것 봐."

"원래부터 직원들을 잘 챙겨 주는 착한 사람이야."

"저런 사장 밑에서 근무하면 정말 행복하겠다."

"내 친구의 사촌의 딸이 스카이 포레스트에서 근무하고 있거든. 매일 행복하다고 비명을 지르고 있더라."

"아! 나도 하늘숲에서 일하고 싶다."

"론도 생활 화장품을 인수한다고 했잖아. 인수 합병 시기에 맞춰서 그곳에서 일할 직원들을 새로 뽑는다는 이야기가 있어."

"정말?"

"이전에도 인수 합병을 진행할 때마다 새로운 직원들을 추가로 뽑았대. 아마 이번에도 똑같이 행동할 거야. 다른 점이 있다면 론도 생활 화장품의 규모가 엄청나게 크다는 거지. 평상시보다도 더 많이 직원을 채용할 거라는 거야."

"기필코 이번에 하늘숲에 취직해야만 해."

"그래야지. 나도 집에서 놀고 있다고 엄마에게 매일 잔소리 듣고 있어."

"함께 취직하자."

사람들은 차준후의 성격과 일 처리에 대해서 잘 알고 있었다. 그렇기에 이번에도 직원들을 대거 뽑을 거라고 짐작하였다.

퍼져 나가는 소문이 틀린 것이 아니다.

스카이 포레스트에서는 론도 생활 화장품을 인수하면

서 직원들을 무려 4천 명 정도 새롭게 뽑을 예정이었다.

차준후의 지시로 결정된 대규모 채용 계획이었다.

생활용품 생산 공장에서 차준후는 큐빅을 박은 머리띠, 귀걸이, 목걸이 등을 만들려고 했다.

큐빅 지르코니아, 통칭 큐빅은 훗날 세계에서 가장 유명해지는 모조 다이아몬드다.

이 시기엔 아직 큐빅의 연구 개발이 끝나지 않아, 세상에 널리 알려지지 않았지만 최준후는 이 큐빅을 만들 수 있는 합성 공식을 알고 있었다.

이 지식을 가만히 머릿속에만 둔다는 건 낭비였다. 그래서 1961년에 이 큐빅을 이용해서 대량으로 액세서리를 만들어 낼 작정이었다.

천연 다이아몬드에 비하면 비교할 수 없을 만큼 경도가 약하고 빠르게 변색되지만, 그만큼 매우 저렴하기에 서민들도 값싸게 아름다운 액세서리를 구매할 수 있을 터였다.

시장을 먼저 선점하여 대량 판매를 할 수 있다면 충분히 사업성이 있는 아이템이었다.

"왜 론도 생활 화장품을 아직도 넘기지 않는 거야?"

"론도그룹은 정말 구질구질하다. 결정했으면 시원하게 넘기는 게 맞지."

"진남호가 원래부터 일을 질질 끈다는 소문이 있었잖

아. 일본 기업이라는 꼬리표를 달 때부터 알아봤다."

"난 오늘부터 론도 제품을 구매하지 않을 거야."

스카이 포레스트의 채용 계획이 퍼지면서 론도그룹과 진남호에 대한 비난으로 이어졌다.

팔을 잘라 내는 심정으로 론도 생활 화장품을 넘기려던 진남호에게 불똥이 떨어졌다.

진남호의 입장에서는 억울할 수밖에 없었다.

인수 합병에 시간이 걸리는 건 스카이 포레스트의 꼼꼼한 작업 때문이었다. 문상진이 세밀하게 론도 생활 화장품의 재무제표와 기타 인수 합병 사안들을 살폈다.

그렇지만 사람들의 비난은 스카이 포레스트가 아닌 론도그룹에 집중적으로 쏟아졌다. 론도그룹 전체에 대한 불매운동으로 번질 기미마저 보였다.

* * *

"설 실장! 회장실로 와 봐!"

진남호가 비서실장 설한승을 찾았다.

"부르셨습니까, 회장님."

비서실에 있던 설한승이 곧바로 회장실을 방문했다.

"지금 우리를 향한 소비자들의 비난이 쏟아지고 있다는 걸 알고 있나?"

얼굴을 찌푸린 진남호가 불편한 심기를 드러냈다.

사람들의 비난을 받지 않기 위해 론도 생활 화장품을 스카이 포레스트에 넘긴 것이다. 그런데 비난이 줄어들지 않고 오히려 더욱 커져 갔다.

사람들의 관심은 스카이 포레스트가 얼마나 많은 직원을 신규 채용할 것인지에 집중되어 있었다. 신규 채용을 하려면 인수 합병이 먼저 끝나야만 했다.

대한민국의 수많은 취업 준비생들과 이직 희망자들이 이번 신규 채용에 관심을 기울이고 있었다. 그리고 그에 비례해서 론도그룹을 욕하고 있었다.

일본 기업이라는 꼬리표를 떼기 위해 그야말로 하루하루 눈코 뜰 새 없이 바쁘게 움직였다. 신문사의 사장들을 만나서 론도기업에 대한 좋은 이야기를 기사로 써 달라고 부탁했고, 많은 광고비를 쏟아부었다.

막대한 돈을 지출하고 있었지만 론도그룹의 위상은 예전만 못하게 됐다. 스카이 포레스트와의 다툼으로 그룹 전체에 타격이 컸다.

"알고 있습니다. 그렇지만 그 비난의 이유는 우리에게 있지 않습니다. 스카이 포레스트가 문제입니다."

"그걸 몰라서 부른 것이 아니야. 인수 합병이 지연되기 때문에 벌어지는 모든 비난이 우리에게 쏠린다는 점이 문제라고."

"스카이 포레스트에 인수 합병을 빨리해 달라고 줄기차게 요구하고 있습니다. 그런데 문상진이 면밀하게 살펴봐야 한다며 시간을 지체하는 겁니다."

살펴봐야 하는 내용들이 많기에 기업의 인수 합병에는 원래부터 많은 시간이 요구된다. 지금 문상진의 인수 합병 처리 속도가 결코 느린 것이 아니었다.

친구

"스카이 포레스트가 납득할 수 있는 금액으로 최대한 빨리 넘기게."
"그렇게 하면 손해가 너무 큽니다."
스카이 포레스트를 이겨 보겠다며 론도 생활 화장품에 들어간 시설 투자 비용이 무척 많았다. 그리고 론도 생활 화장품이 전국에 가지고 있는 부동산들도 상당했다.
론도 생활 화장품은 제대로 평가받으면 가치가 상당했다. 문상진도 론도 생활 화장품이 가지고 있는 가치를 박하게 평가했지만 결코 폄하하지는 않았다.
론도 생활 화장품은 황금알을 품고 있는 거위였다.
"크게 봐야 할 때야. 그룹 전체에 대한 불매운동으로 번지면 오히려 더욱 손해를 많이 볼 수밖에 없어."

저렴하게 넘기면 론도 생활 화장품만 국한해서 보면 손해가 맞다. 그러나 그사이에 론도그룹 전체가 흔들리게 된다.

여론의 흐름을 정확하게 짚은 진남호는 그룹 전체를 넓게 살피고 있었다.

연일 론도그룹을 향해 쏟아지는 비난 중 대다수는 그저 욕을 하고 싶을 뿐인 이들이 이유도 모른 채 쏟아 내는 무분별한 비난이었다.

그러나 그러한 이들 중 가운데 일부는 진남호와 론도그룹에 대해 제대로 알고 있었다.

그들은 재벌이라는 진남호의 위치와 일본이라는 꼬리표를 달고 있는 기업임을 그 사실을 이들에게도 알리며 론도그룹에 대한 분노를 확산시켰다.

진남호로서는 억울하기 짝이 없는 상황이었지만, 이 시기 재벌과 일본에 대한 악감정이 컸던 한국인들의 정서를 감안하면 어쩔 수 없는 일이었다.

이대로라면 비난은 더욱 거세지며 론도그룹이 활활 타오를 수도 있었다.

"회장님과 론도그룹의 좋은 이미지가 크게 손상됐습니다. 이번 차준후의 공격은 너무 비열합니다."

설한승이 차준후에 대한 분노를 드러냈다.

아무런 근거 없이 모함하고 천대하는 현실 앞에서 분노

했다.

 일본에서 자금과 기술을 가지고 왔지만 진남호는 한국인의 긍지를 지키고 있는 사업가였다. 가난한 대한민국을 발전시키기 위해 수면 시간을 줄여 가면서 뛰어다녔다.

 론도그룹이 책임지고 있는 직원들의 숫자만 해도 엄청났다.

 "비열하다고 매도해서는 안 돼."

 "차준후가 회장님을 공격했습니다."

 "난 차준후 대표에 대해서 서운한 감정이 없어. 내가 그였더라도 똑같이 행동했을 테니까. 약점을 보인 게 잘못인 거야."

 진남호는 차준후의 행동을 이해했다.

 사업에서 승자와 패자는 있어도 비열함은 있지 않다고 여겼다. 상대 기업의 약점이 보이면 찔러야 하는 법이다.

 그래서 시세삼도와 협력한 론도 생활 화장품의 움직임을 격렬하게 반대하지 않았다.

 이번에는 스카이 포레스트의 약점을 제대로 찔러 중저가 화장품 시장을 확실하게 차지할 수 있다고 봤다.

 진남호는 은연중에 론도 생활 화장품의 움직임에 찬성을 한 것이었다.

 아니나 다를까.

스카이 포레스트의 화장품들과 유사한 신제품들을 출시했을 때 좋은 성과를 거뒀다.

 그러나 오대양은 한국 기업이라는 광고를 보면서 경악하고 말았다. 한국인의 정서를 이용해서 론도그룹의 약점을 정확하게 찌른 것이었다.

 론도그룹에는 숨겨진 내막이 있었다.

 그 내막이 밝혀지면 론도그룹이 무너질 가능성도 있었다.

 '알고 있는지도 모른다.'

 진남호는 숨기고 싶은 내막을 차준후가 알고 있을지도 모른다는 생각했다. 그것이 아니면 그런 광고가 나올 수가 없었다.

 철두철미하게 짓밟는 차준후의 성격을 알기 때문에 서둘러서 화해했다. 만약 다른 사람이었다면 지금처럼 참지 않고 거세게 부딪치며 싸웠을 것이었다.

 "더 이상 협상하지 말고 그쪽에서 원하는 금액으로 넘겨."

 진남호가 확실하게 지시했다.

 잠시 실내에 무거운 분위기가 흘렀다.

 "……알겠습니다."

 입을 꾹 다물고 있던 설한승이 마지못해 대답하였다.

 론도 생활 화장품을 스카이 포레스트에 넘기는 작업이

급물살을 타게 됐다.
 스카이 포레스트 입장에서는 인수 금액을 아낄 수 있게 됐다.

* * *

 화장품 가판대가 가게 앞에 위치한 가게가 손님들로 붐볐다. 화장품을 판매하고 있지만 과자와 생활용품 등을 판매하는 잡화점에 가까웠다.
 중절모를 깊숙하게 눌러쓴 사내 한 명이 안으로 들어섰다.
 그의 주변에 양복을 입은 사내들이 뒤따르고 있었다.
 퇴근을 한 차준후가 식사를 하기 위해 도보로 이동하다가 화장품 가게를 보고 방문한 것이었다.
 "어서 오세요."
 여성 손님들을 상대하던 여인이 차준후를 반겼다.
 "실프 마스크팩과 무스 있나요?"
 "물론이죠. 요즘 그 화장품들 없으면 장사가 안 돼요."
 "실프 마스크팩은 찾는 사람들이 적지 않나요?"
 "처음에는 잘 안 팔렸는데, 요즘 소비자들 사이에서 좋다는 입소문이 퍼졌거든요. 그래서 찾는 사람이 많이 늘었어요. 저희 가게는 처음 제품이 출시됐을 때 많이 받아

친구 〈113〉

뒤서 여유가 있는 편이에요."

여성이 어깨를 으쓱거렸다.

"대단하시네요."

"천재 차준후는 믿은 거죠. 그 천재가 내놓은 세계 최초의 화장품이잖아요? 분명 잘 팔릴 거라 생각했죠. 아, 몇 개나 필요하세요?"

"한 개씩 주세요."

"호호호! 애인에게 선물하려는 건가요?"

"그건 아니고요."

"벌써 결혼하셨어요? 이런 선물을 받는 부인은 정말 좋겠네요."

모자가 차준후의 잘생긴 외모를 완전히 가려 주지 못했다. 잘생긴 데다가 비싸 보이는 양복을 입었고, 화장품을 시원하게 구매하는 모습이 무척이나 멋있어 보였다.

차준후가 시장 조사를 위해 화장품을 구매했는데, 졸지에 부인이 생기고 말았다.

실프 마스크팩은 저렴하지 않았다.

화장품을 구매하는 남자들은 보통 사랑하는 애인이나 부인에게 선물을 하고는 했다.

화장품 가게에 좀처럼 발길을 들이지 않는 사내들이었다. 용기를 내어서 화장품 가게에 들어선 사내들은 하나같이 여자들을 사랑하고는 했다.

"아직 미혼입니다. 친구에게 선물하려는 겁니다."
차준후가 미혼인 걸 강조했다.
"어머! 제 조카가 무척 예쁜데, 한번 만나 보시겠어요?"
"괜찮습니다."
"한번 만나 보세요. 정말 예쁘다고요. 다니고 있는 대학교에서 5월의 여왕으로 뽑히기도 했어요."
여인은 차준후를 정말 좋게 봤다.
수많은 손님을 상대해 왔던 그녀의 눈썰미는 무척이나 날카로웠다. 그녀는 눈앞의 사내가 예사롭지 않다는 건 단번에 눈치챘다.
게다가 가게 밖에서 건장한 체격의 사내들이 자꾸 안을 힐끔거렸다. 경호원들의 시선이 차준후의 안전을 신경쓰고 있었다.
경호원들과 함께 다니는 정체불명의 사내!
여인은 진심으로 차준후에게 조카를 소개해 주고 싶었다.
"정말로 됐습니다. 오늘 천광표 형광등이 나왔다고 하던데 있나요?"
광신전기에서 내놓은 형광등에는 천광표라는 멋진 상호명과 라벨이 붙었다.
하늘의 빛이라는 뜻이었다. 대한민국의 어둠을 몰아내

겠다는 의미를 담고 있기도 했다.
 형광등이 멋진 로고가 들어가 있는 길쭉한 종이 상자에 포장되어서 더욱 잘 팔렸다.
 천광표 로고는 전영식이 그린 것이었다.
 하루가 다르게 실력이 부쩍부쩍 늘어나고 있는 전영식이었다. 돈에 구애받지 않고 편안한 마음으로 오직 미술에만 전념하는 전영식은 무섭게 성장해 나갔다.
 "아, 천광표 형광등은 오전에 모두 나갔어요. 정말이지, 불티나게 팔려 나갔죠. 안 그래도 더 주문을 해 놨으니 내일쯤이면 다시 들어올 거예요. 내일도 오전 중에 다 팔릴 수 있으니, 사고 싶으시면 오전에 오세요."
 국산 형광등은 일본산 형광등의 삼분지 일 가격으로 출시됐다. 가격은 저렴한데 품질은 비슷했으니, 안 팔리는 게 이상한 일이었다.
 일각에서는 사재기 현상까지 벌어졌다.
 스카이 포레스트의 물건이 출시될 때마다 벌어지는 일이었다.
 "그렇군요. 그럼 다음에 오겠습니다."
 차준후가 웃었다.
 깊게 눌러쓴 모자 밑으로 웃는 모습이 무척 매력적이었다.
 대성공이었다.

판매 전부터 광신전기에 주문이 엄청나게 몰려들어 예상은 했지만, 상상 이상으로 천광표 형광등이 불티나게 팔리고 있었다.

원료 구입, 생산, 포장, 배송 등으로 광신전기가 바쁘게 돌아갔다. 광신전기에 형광등 유리를 납품하는 SF 유리도 덩달아 바빠졌다.

"오전에 오면 조카를 보실 수 있어요. 착한 조카가 오전에 바쁜 가게 일을 돌봐 주고 있거든요. 오신다고 약속해 주면 형광등을 미리 빼놓을게요."

여인은 차준후에게 기필코 조카를 소개시켜 줄 작정이었다.

무척이나 끈질겼다.

"준후야!"

영롱한 목소리와 함께 하늘거리는 치마를 입은 아름다운 여인이 가게 안으로 들어왔다.

그녀가 걸을 때마다 스타킹을 신은 다리가 치마 사이에서 드러났다 사라지기를 반복했다.

남자라면 눈길이 갈 수밖에 없는 미녀의 모습이었다.

오늘 저녁 식사를 함께하기로 한 서은영이었다.

그녀는 차준후와 만나기 위해 머리에서 발 끝까지 오랜 시간 공을 들여 치장했다. 백화점에 있는 미용실에 들러서 머리를 다듬었고, 은은한 향수까지 뿌렸다.

귀에서 반짝거리는 귀걸이와 목에 걸린 목걸이가 그녀의 미모를 더욱 돋보이게 만들어 줬다.
 옷과 액세서리가 절묘하게 조화를 이뤘는데, 백화점 의류 매장의 패션 전문가와 미용사, 화장품 가게의 메이크업 아티스트들의 손길이 닿아 있는 모습이었다.
 한껏 치장을 한 덕분인지 평소보다 더 아름다워 보였다.
 "네가 왜 여기에?"
 "지나가다가 네가 있는 걸 보고서 왔어."
 그녀가 차를 타고 약속 장소로 이동하다가 차준후를 발견하고 들어온 것이었다. 경호원들을 대동하고 움직이는 차준후를 쉽게 발견할 수 있었다.
 "애인 없다고 했으면서……."
 지금껏 조카를 소개시켜 주려 했던 여인이 툴툴거렸다.
 그 말을 들은 서은영의 얼굴이 환해졌다.
 그러나 이내 들려오는 이야기에 시무룩해지고 말았다.
 "애인 아닙니다. 친하게 지내는 친구입니다."
 "애인이 아니라면 제 조카를 만나 보실래요?"
 "아니요."
 "준후야, 그만 가자!"
 서은영의 얼굴이 싸늘해졌다.

노기까지 얼핏 보였는데, 차준후가 없었으면 가게 주인에게 쓴소리를 했을지도 몰랐다. 그러나 차준후가 있었기에 분노를 가라앉혔다. 차준후 앞에서 망나니처럼 날뛰고 싶지 않았다.

"그럼 많이 파세요."

"손님, 내일 아침에 꼭 오세요. 5월의 여왕인 조카에게 예쁘게 차려입고 오라고 말해 둘게요."

밖으로 나가는 차준후에게 가게 주인이 끝까지 질척거렸다.

"준후! 안 오니까 헛된 기대하지 마세요."

서은영이 뾰족하게 외쳤다.

조용히 나가려고 했는데 결국 분노가 폭발하고 말았다. 자신도 눈치를 봐 가면서 천천히 접근하고 있었는데, 갑작스럽게 여자를 소개해 준다는 가게 주인이 마음에 들지 않았다.

자칫 차준후가 소개팅을 해서 여자를 만나 잘되면 그녀에게 기회가 영영 사라질 수도 있었다.

"쳇! 애인도 아니면서······."

두 사람이 가게 주인의 안타까워하는 이야기를 들으면서 밖으로 나왔다.

'사납다고 생각하면 어떻게 하지?'

서은영이 바로 옆에서 걷고 있는 차준후의 눈치를 살폈

다. 가게 주인에게 괜히 한 소리 했다고 속으로 자책하고 있었다.

사납고 억척스러운 여인을 좋아하지 않는 시대였다. 여인이라면 남자에게 순종해야 사랑받는다고 집안의 어른들이 이야기하고는 했다.

그녀는 차준후에게 여자를 소개시켜 준다는 이야기에 너무 격분하고 말았다.

참을 수가 없었다.

차준후가 자신을 사나운 여자라고 생각하면 무척이나 슬플 것 같았다.

"준후야! 괜찮아?"

밑도 끝도 없는 질문이었다.

"뭐가 괜찮냐는 거지?"

"방금 전 있었던 일."

"그냥 웃고 넘어가야지. 딱히 불쾌하지는 않았어."

차준후는 애초부터 여자 소개에 대해서 연연하지 않았으며, 그 과정에서 벌어진 해프닝을 웃어넘겼다.

너무 잘나가다 보니 이런 웃긴 일도 생겨났다.

그동안 주변에서 여자들을 소개해 주거나 맞선을 보라는 이야기들이 많이 들려왔다. 사고무친의 고아이기에 일찌감치 결혼해서 후손을 보라는 조언까지 있었다. 일부 사람들은 벌서부터 스카이 포레스트의 후계를 염두에 두고 있었다.

"이번에 가는 한당은 고급 한정식 전문점이야."

방금 전 일에 연연하지 않는 차준후를 보면서 서은영이 재잘거렸다.

음식 맛이 뛰어나다고 소문난 한당은 서울에서도 고급스럽기로 유명했는데, 별채로 독립된 공간이 따로 준비되어 있었다.

서은영이 한당의 별채를 예약해 뒀다.

차준후와 백화점 납품에 대한 이야기를 하면서 동시에 분위기 좋은 공간에서 즐거운 시간을 보내고 싶다는 앙큼한 욕심도 포함되어 있었다.

"기대되네."

서울에는 차준후가 알지 못하는 맛집들이 여럿 있었다.

인터넷이 없었기에 소개를 받아야지만 맛집들에 대해서 알 수가 있었다.

한 10분가량 걸었을까!

멋있는 서체로 적힌 한글 간판이 어둠 속에서 반짝거리며 빛나고 있었다. 스카이 포레스트의 영향을 받아서 새롭게 설치한 조명 간판이 존재감을 드러냈다.

저녁 시간대였기에 한당으로 손님들이 드나들고 있었다. 그렇지만 한당은 고급 음식점이었기에 일반 음식점처럼 많은 손님들로 붐비는 건 아니었다.

"어서 오세요. 예약하셨나요?"

한복을 입은 여인이 차준후와 서은영을 접객하였다.

"서은영으로 예약했어요."

"안내해 드릴게요."

한당의 직원이 두 사람을 조심스럽게 별채로 안내했다.

"저분들은?"

"아, 이 사람의 경호원들이에요. 신경 쓰지 않으셔도 돼요."

날카로운 분위기를 줄줄 흘리고 있는데 어떻게 신경을 쓰지 않겠는가. 별채로 안내는 하면서도 절로 눈길이 갈 수밖에 없었다.

"……일행분들이시군요."

직원이 다소 당황했다.

그녀는 신화백화점의 막내딸이 가장 비싼 별채를 예약했다는 걸 알고 있었다. 신경을 써서 접객해야 하는 손님이었기에 바짝 긴장하고 있었다.

그런데 그녀뿐만 아니라 경호원을 대동한 사람까지 등장했다.

높으신 분들이 많이 찾는 한당이라지만, 경호원을 대동하여 찾아오는 이들은 많지 않았다.

간혹 그런 손님들이 없는 건 아니었지만, 당연하게도 그런 손님들은 몹시 중요한 손님이었기에 한당의 직원들은 그들의 면면을 모두 외우고 있었다.

 그러나 여직원이 기억하는 손님들 중 금발의 외국인들을 경호원으로 대동하고 방문한 사람은 단 한 명도 없었다.

 '아, 설마……!'

 순간 여직원의 뇌리에 한 인물이 스쳐 지나갔다.

 신화백화점의 막내딸인 서은영.

 그리고 경쟁사인 창천백화점과 대현백화점을 배제하고 오로지 신화백화점에만 화장품을 납품하는 스카이 포레스트.

 안 그래도 함께 있는 모습이 종종 목격되던 서은영과 차준후였기에 그들이 그런 관계가 아니냐는 소문이 있었다.

 만일 사실이 아니라면 막내딸의 혼삿길을 막을 수도 있기에 신화백화점은 적극 헛소문이라며 부정하고 나섰을 것이 분명했다.

 그러나 신화백화점은 그러한 소문에 대해 긍정도 부정도 하지 않은 채 그저 침묵으로 일관했다.

 그래서 대부분의 사람은 소문이 사실이라고 여겼다.

 '차준후 대표구나!'

남성을 자세히 살핀 여직원은 이내 중절모를 쓴 사내가 차준후라 확신하며 기쁨을 감추지 못했다.
 사실 한당에서는 차준후의 방문을 애타게 기다려 왔다.
 현재 서울의 식당들은 차준후의 방문을 기준으로 맛집이라 평가받았다.
 서울의 시민들은 차준후가 방문한 식당들을 높이 평가했고, 방문하지 않은 곳을 낮게 생각했던 것이다.
 이 때문에 일부 호사가들은 차준후가 단 한 차례도 방문하지 않았던 한당을 진정으로 뛰어난 맛집이 아니라며 폄하해 왔다.
 한당의 입장에서는 미치고 팔딱 뛸 노릇이었다.
 그러니 한당에서 일하는 것에 자부심을 가지고 있던 여직원으로서는 차준후의 방문이 기쁠 수밖에 없었다.
 "여기입니다."
 별채까지 안내한 여직원이 두 사람에게 녹차를 따라 줬다.
 잘 우려낸 녹차 향기가 은은하게 실내에 흘렀다.
 "고마워요."
 "주문한 음식을 가져다주세요."
 서은영은 오랜 시간 조리를 해야 하는 음식들이 있었기에 미리 주문을 해 뒀다. 한당에서 가장 비싼 산해진미

세트였다.

"네."

여직원이 고개를 숙이고 물러났다.

그녀는 황급히 뛰어서 계산대에 있는 사장에게 달려갔다.

"사장님!"

"무슨 일이야?"

한당의 사장이 숨을 헐떡거리는 여직원을 보면서 큰일이 벌어지지 않았는지 걱정했다.

"별채에 차준후 대표가 왔어요!"

"뭐라고! 진짜?"

"네! 처음엔 모자를 쓰고 있어서 바로 못 알아봤는데, 그 유명한 얼굴을 어떻게 못 알아보겠어요. 틀림없어요!"

"정말이란 말이지? 주방에 이야기해서 각별히 신경을 쓰라고 해야겠다.

사장이 주방으로 뛰어갔다.

차준후의 방문으로 인해 한당의 주방이 분주하게 움직였다.

정원처럼 꾸며져 있는 별채였다.

별채는 정자처럼 커다란 나무들 사이에 위치해 있었다. 봄바람이 불 때마다 나뭇가지들이 흔들리는 소리가 들려왔다.

꽃샘추위가 기상을 부리고 있지만 봄을 부르는 꽃인 복수초와 겨울과 봄을 잇는 꽃인 동백꽃 등 봄의 전령사들이 말갛게 피어 있었다.

봄 향기가 가득한 별채에서 녹차를 마시고 있으니 마치 숲속에 들어와 있는 느낌을 줬다.

차준후가 만족스러운 느낌을 받으며 녹차를 한 모금 마시고 있을 때였다.

"대현그룹과 함께 조선소 사업을 한다며?"

녹차를 홀짝거리고 있는 서은영의 조심스럽게 질문했다.

오늘의 만남은 무척 의미심장했다.

대현그룹은 대현백화점을 보유하고 있었고, 신화백화점과는 라이벌 관계였다. 대현백화점은 그동안 서열 제2위였지만 신화백화점이 1위로 부상하면서 3위로 밀려나고 말았다.

그 뒷배경에는 스카이 포레스트가 있었다. 신화백화점이 스카이 포레스트의 공식 판매점을 획득하면서 그토록 염원하던 1위로 올라섰다.

만약 대현백화점이 새로운 공식 판매점을 획득하게 된다면 신화백화점의 1위 자리를 빼앗길 수도 있었다.

"대현그룹이 적격이니까."

모자를 벗은 상태의 차준후가 대수롭지 않게 대답했다.

대한민국을 조선 강국으로 올라서게 만든 기업이 바로 대현그룹이었다. 대현그룹은 다른 기업들이 조선업에 적극적으로 뛰어들 수 있는 환경을 만들어 줬다.

"조선 산업을 진행하기가 어렵다고 들었어."

서은영도 듣는 이야기가 있었다.

사업에 적극적으로 관여하면서 조선 산업이 국내에 시기상조라는 걸 알 수 있었다. 다른 사람이었다면 간섭을 하지 않았겠지만 차준후였기에 우려를 표명했다.

대현그룹이 스카이 포레스트의 어선 사업을 맡았다는 이야기로 재계가 떠들썩했다. 단순한 어선 제작이 아니라 조선소를 만들어서 대량으로 건조한다니, 놀랄 수밖에 없는 사업이었다.

"난관이 많은 사업이야. 그래서 불도저처럼 밀어붙이는 정영주 회장이 적격이지."

차준후는 역사를 떠올려서 대현그룹에 조선 산업을 떠넘긴 것이다.

조선 산업에 대해 차준후는 아는 바가 극히 적었다. 돈을 벌겠다고 조선 산업에 집중하는 건 어리석은 일이라고 판단했다.

그래서 돈만 투자해서 적당히 이득만 볼 생각이었는데, 지분을 받기로 했다.

유명한 투자가가 말하지 않았던가!

직접 사업하는 것보다 유망한 기업에 투자해서 지분을 가지는 게 최고라고 말이다.

 차준후가 졸지에 유명한 투자법을 따라 하게 된 셈이었다.

 "그래서 대현그룹과 함께하는 거구나. 정영주 아저씨라면 잘 해내실 거야."

 서은영이 정영주를 떠올리며 납득했다.

 집안끼리 왕래하며 인사를 하는 사이였기에 그녀는 정영주를 아저씨라고 불렀다.

 "조금 어려워하고 있기에 도와줬어."

 차준후가 담담하게 이야기했다.

 "어떻게?"

 "해외 기업들과 기술 제휴를 하면서 힘들어하더라고. 그래서 오덴세 조선소와 연결해 달라고 덴마크 대사관에 가서 부탁했어."

 "오덴세 조선소?"

 "덴마크는 세계적인 조선 강국인데, 오덴세는 그 덴마크를 대표하는 조선소야. 이전에 덴마크에 방문했을 때 한번 가 봤는데, 믿을 만한 곳이야."

 오덴세 조선소는 차준후가 덴마크에 방문했을 때 기업방문을 한 곳 가운데 한 곳이었다. 그냥 단순한 기업방문으로 그칠 줄 알았는데 인연이 이어졌다.

덴마크는 발트해와 북해 사이에 위치해 있어 일찍부터 조선 산업과 해운업이 발달했다. 다수의 선주가 소재하고 있었기에 선박 및 조선 기자재 수요가 풍부했다.

덴마크의 적극적인 지원을 받으면 대한민국의 조선 산업이 역사보다 일찍 꽃피는 게 가능했다.

"넌 다 계획이 있구나. 일찍감치 덴마크로 갔던 이유가 있었어."

차준후를 바라보는 서은영은 무척 놀랐다.

이웃사촌 겸 대학교 동창으로 오랜 시간을 함께 보냈지만 이처럼 뛰어난 사내였는지 미처 몰랐다.

왜 몰라봤을까. 일찍감치 알아봐서 서로 연인으로 발전했으면 좋았을 텐데.

기분 좋은 상상을 한 그녀의 얼굴이 발그레해졌다.

"어쩌다 보니 우연히 연결된 거야."

차준후가 진실을 밝혔다.

덴마크에 갔던 것은 국내에 낙농 산업을 펼치기 위해서일 뿐이었다. 그런데 그때 이어진 인연이 우연히 새로운 기회로 이어진 것이었다.

"넌 너무 겸손해. 보기 좋기는 한데 조금은 오만할 필요가 있어."

서은영은 겸손한 성격의 차준후가 친한 친구인 자신에게도 속내를 숨긴다고 생각했다. 그 때문에 약간 거리감을 느꼈다.

"식사 나왔습니다."

"네."

여직원들이 음식이 잔뜩 차려진 상을 들고서 실내로 들어왔다.

방짜유기에 담긴 미역국, 불고기, 갈비, 동치미, 호박전, 호박죽, 김치, 장조림, 조기구이 등이 깔끔하고 정갈하게 차려져 있었다.

"맛있게 드세요."

나가는 여직원들이 힐끔힐끔 차준후를 살폈다.

그 모습을 본 서은영이 입술을 샐쭉거렸다.

"너를 알아본 모양이네."

"요즘 들어서 식당을 가기가 힘들더라고."

"유명인은 밥 먹기도 힘들구나."

"감수할 수밖에 없지."

차준후가 풍성하게 차려진 음식들 가운데 호박죽을 먼저 숟가락으로 떠먹었다.

진하고 고소한 호박죽의 풍미가 입안을 가득 채웠다.

젓가락으로 집어 먹은 산채도 무척 담백하면서 깔끔했다.

"맛있네."

음식들이 차준후의 입맛에 딱 맞았다.

"좋아하니 다행이다. 다음에도 네가 만족할 수 있는 다른 맛집을 찾아 둘게."

서은영은 백화점 직원들에게 전국의 맛집을 알아보라고 지시해 뒀다. 좋은 물건들을 구하기 위해 전국을 돌아다니는 백화점 직원들은 맛있는 음식점들을 잘 알고 있었다.

"고맙기는 한데 너무 고생하는 것 아니야?"

"괜찮아. 내가 좋아서 하는 일이야."

차준후와 함께 먼 지방의 맛집으로도 여행을 다녀오고 싶은 서은영이었다. 이왕이면 1박 2일이면 좋겠다는 앙큼한 생각을 해 보기도 했다.

그녀의 얼굴이 붉어지고 말았다.

"얼굴이 조금 붉은데, 감기 걸렸어?"

차준후는 아까부터 상기되어 있는 서은영의 얼굴이 마음에 걸렸다.

"콜록!"

놀란 서은영이 기침을 토했다.

"일교차가 심하니까 건강에 각별히 신경 써. 요즘 감기가 지독해서 걸리면 좀처럼 떨어지지 않아."

"콜록! 알았어. 생각해 줘서 고마워."

다시 한번 기침을 내뱉은 서은영의 얼굴이 빨개졌다.

머릿속에 떠오른 앙큼한 생각들을 재빨리 지워 버리려

고 노력했다. 혹여 차준후에게 들켰다가는 엄청난 망신이었다.

"요즘 화장품 생산량은 어때?"

"론도 생활 화장품을 인수하면 숨통이 조금 트일 테지."

"정말 잘됐다."

서은영이 반색했다.

스카이 포레스트의 화장품 생산량이 늘어난다는 건 희소식이었다. 없어서 못 파는 화장품을 더욱 많이 공급받을 수 있게 된다는 소리였다.

"언제 인수 예정이야?"

"퇴근하기 전에 진남호 회장님에게 전화가 왔어. 모든 조건을 수락할 테니까, 최대한 빨리 론도 생활 화장품을 인수해 가라고 부탁하더라."

차준후가 전화 통화를 떠올리며 쓴웃음을 지었다.

여론이 심각할 정도로 흘러가자 무조건적인 항복을 선언한 셈이었다.

"진남호 아저씨가 많은 고생을 하고 있구나."

잠시 놀란 표정을 지었던 서은영이 이내 기쁜 기색을 숨기지 않았다.

진남호는 신념이 투철하여 좀처럼 흔들리지 않는 사람이었다. 그것은 그가 일본 유학 과정에서 겪은 유명한 일화를 통해 누구나 아는 사실이었다.

와세다고등공학교에서 재학 중이었던 진남호는 학생 신분으로 공장을 세우고 사업을 시작했었다. 시작이 나쁘지 않았고, 사업은 순조롭게 이어질 것처럼만 보였다.

그러던 그때, 미군의 폭격으로 공장이 흔적도 없이 사라져 버렸다.

보통 이들이었다면 한순간에 모든 것이 사라졌음에 좌절했을 만한 일이었지만, 진남호는 포기하지 않고 다시 한번 공장을 세우며 재도전했다.

그러나 두 번째 공장도 잿더미가 되어 버렸다.

이쯤 되면 돈이 문제가 아니라, 목숨을 걱정해야 할 때였다. 보통 유학생들 같으면 당장 일본에서 도망쳐 한국으로 귀국하려 했을 터였다.

하지만 이번에도 진남호는 포기하지 않았다.

죽을 위기를 두 차례나 겪었음에도 그는 다시 한번 사업에 도전했고, 끝끝내 성공하여 지금의 론데그룹의 기반을 만들어 냈다.

그렇게 포기할 줄 모르는 진남호지만, 차준후에게는 한 발 물러설 수밖에 없었다.

평소에는 유순하지만 싸우려고 하면 무서울 정도로 독해지는 사람이 바로 차준후였다. 차준후는 진남호보다 더욱 독하게 움직인다.

죽을 뻔했던 것뿐인 진남호보다 정말 죽은 경험이 있는 차준후가 더 독할 수밖에 없었다.

"천광표 형광등을 더 납품받고 싶은데, 힘들겠지?"

납품받은 형광등이 생활용품과 조명 매장에서 날개 돋친 듯이 팔려 나갔다. 너무 잘 팔려서 받아 뒀던 재고가 빠르게 소진되고 있었다. 광신전기에 추가 납품을 주문했지만 기다리라는 답변을 받았다.

"광신전기에 문의해 봐."

"그곳에 물어봤는데 어렵다고 하더라."

"광신전기에서 어렵다고 했으면 나도 어쩔 수 없어."

날개 돋친 듯이 팔려 나가는 형광등 때문에 광신전기는 생산 라인을 아침 7시부터 밤 10시까지 2교대로 돌렸다. 직원들이 잔업을 해 가면서 일하고 있었지만 폭발적인 주문량을 감당해 내지 못했다.

관공서를 비롯한 정부 부처에서도 천광표 형광등을 대량으로 주문하였다.

일본 제품 하나를 살 돈으로 세 개를 구매할 수 있을 뿐만 아니라, 달러도 절약할 수 있으니 당연한 행동이었다.

전기 소모량도 백열전구에 비해서 적게 들어가기에 정부에서는 형광등 교체를 서둘렀다. 툭하면 정전이 되는 대한민국 전력 사정을 볼 때, 백열전구에서 형광등으로 교체할 필요가 있었다.

그렇게 그동안 비용 때문에 형광등을 달지 못한 관공서들이 천광표 형광등을 달아 버렸다.

재고가 남아 있을 만한 상황이라면 서은영의 부탁을 들어줬겠지만, 생산이 주문을 따라가지 못하는 상황인 터라 기다릴 수밖에 없었다.

"알았어."

서은영은 깔끔하게 기대감을 접었다.

차준후는 알아서 잘하고 있는 광신전기의 사업에 특별히 간섭을 하고 싶지 않았다. 광신전기뿐만 아니라 모든 계열사들에 대해서 방치하다시피 하고 있었다.

전문 경영인에게 맡겨 놓았다고 할까.

분명한 전문 경영인 체제는 아니지만 종국에는 그런 방식으로 나갈 계획이었다.

차준후는 자신에게 쏠리는 책임과 부담감, 무엇보다 일거리를 극단적으로 줄여 나가려고 했다. 지금도 일이 많다고 툴툴거리고 있는데, 여기에서 일이 더 늘어나면 진짜로 짜증을 낼지도 몰랐다.

매일 죽어라 일만 하기는 싫었다.

정말로 일하기 싫어하는 사장 차준후였다.

이런 성격의 사람이 사장으로 있으면 보통 사업이 망하기 마련이지만 스카이 포레스트와 계열사들은 무척이나 잘 돌아갔다.

　차준후가 미래 지식을 적절하게 이용하면서 능력 좋은 인재와 천재들을 직원으로 두고 있는 덕분이었다. 아무리 나쁘게 봐도 망할 기색이 눈곱만치도 보이지 않았다.

　"이제 채널 간판에 들어가는 형광등 제작이 가능하겠네?"

　대한민국에서 입체적인 채널 간판을 가지고 있는 유일한 곳이 바로 스카이 포레스트다.

　채널 간판은 회사의 로고까지 만들어서 넣을 수 있었다. 독특하면서 입체적인 채널 간판이다 보니 사람들의 눈에 확 들어왔다.

　광고 효과가 엄청났다.

　"이제 가능해졌지."

　"신화백화점 간판 내부 공간에 들어갈 형광등을 제작해 달라고 부탁했어. 그런데 먼저 주문한 업체들이 많다고 기다리라고 하더라."

　"그건 내가 한번 이야기해 볼게. 그 정도는 가능할 거야."

　이것마저 모른 척할 수 없었던 차준후는 은근한 청탁을 들어줬다.

　천광표 형광등처럼 재고가 모두 소진되어 어쩔 수 없는 상황이라면 모를까, 이제 제작에 채널 간판 형광등의 납품 순서를 조정하는 건 어렵지 않았다.

서은영과의 개인적인 친분을 떠나, 신화백화점은 1순위 거래처 중 하나였다. 납품 순서를 살짝 끌어올리는 것 정도는 딱히 문제도 아니었다.

"고마워."

서은영은 차준후의 심기를 절대 불편하게 만들지 않아야 한다고 생각했다. 신화백화점의 특수 형광등 주문이 어떻게 이뤄졌는지 잘 알았기 때문이었다.

"고마워."

평소 차준후의 사업관을 알고 있는 서은영은 자신의 부탁을 들어준 차준후에게 고마운 마음을 느꼈다.

심지어 차준후는 그것을 내색조차 하지 않았다.

그 모습이 서은영의 눈에는 더욱 좋게 보였다.

아무리 친밀한 사이라고 해도 이러한 부탁을 할 때면 마음이 불편할 수밖에 없었다.

그러나 차준후는 결코 자신의 선의를 티 내지 않았고, 아무것도 아니라는 듯 편하게 이야기해 주었다.

실리를 떠나 이런 사람이기에 더더욱 차준후와 함께하고 싶은 걸지도 몰랐다.

"친구잖아."

역시나 차준후는 대수로운 일 아니라는 듯 말했다.

"……친구 말이지."

기뻐하던 서은영의 얼굴에 묘한 실망감이 빠르게 스쳤다가 사라졌다.

 차준후가 자신을 친구 그 이상, 그 이하로도 생각하지 않는다는 건 알고 있었지만, 그것을 직접 입으로 듣게 되니 충격이 있을 수밖에 없었다.

 서은영은 실망감을 겉으로 표현하지 않으려고 노력했다.

 그 노력 덕분에 차준후는 서은영의 미묘한 속내를 알아차리지 못했다.

 "그래, 친구. 친구니까 이 정도는 해 줘야지."

 차준후가 친구라는 강조했다.

 친하게 지내는 친구 좋다는 게 뭐겠나.

 어렵고 힘들 때 힘을 써서 도와줘야 좋은 친구였다.

 차준후는 서은영의 좋은 친구라고 스스로 생각했다.

 작게 한숨을 내쉬던 서은영이 아차 하며 말했다.

 "맞다! 대학교 총동문회 모임에 참석하라는 연락이 오지 않았어?"

 "모르겠네. 편지가 날아오는 걸 일일이 확인할 수가 없어서."

 차준후에게 날아오는 편지의 양은 엄청나게 많았다. 그 우편들을 직접 일일이 읽고 살핀다면 다른 어떤 일도 할 수 없었다.

그에 직원들이 먼저 살피고 필요하다 판단되는 극소수의 편지만이 차준후에게 전달됐다.

아마 차준후가 그런 자리를 좋아하지 않음을 익히 알고 있기에 전달이 되지 않은 것일지도 몰랐다.

실제로 그동안에도 차준후가 다녔던 국민학교, 중학교, 고등학교, 대학교의 동문회에서 모임에 참석해 달라는 편지들은 수시로 날아왔다. 모두 명문교들이었다.

이 시대의 학연은 엄청났다.

명문교들의 학연은 거미줄처럼 끈끈하게 이어져 있어서 졸업한 뒤에도 서로 뒤를 받쳐 주는 경우가 많았다.

학연은 혈연을 못지않은 강력한 인맥이었다.

그리고 국민학교부터 대학교까지 쭉 명문교를 다닌 차준후는 대한민국에서 가장 강력한 인맥을 형성한 사람 가운데 한 명이었다. 차준후의 아버지인 차운성이 일찌감치 인맥을 형성할 수 있도록 도왔다.

그런데 정작 차준후가 막강한 인맥을 전혀 활용하지 않았다. 오히려 차준후의 동기들과 선후배, 그리고 명문교들이 난리였다.

"참석할 생각 있어? 며칠 뒤에 경성대학교 총동문회 봄 모임을 한다고 하더라."

서은영이 물었다.

총동문회의 연락을 모두 씹고 있는 차준후 때문에 총동

문회에서 서은영에게 부탁했다. 친하게 지내는 차준후를 봄모임에 참석할 수 있게 힘을 써 달라는 총동문회의 부탁이었다.

"생각 없어."

차준후가 가볍게 거절했다.

총동문회의 사람들은 차준후가 아는 것이지, 미래에서 과거로 회귀한 임준후가 아는 사람들이 아니었다.

서은영처럼 우연하게 연결되면 모를까, 단절된 인연들을 찾아가서 연결하고 싶진 않았다.

"나도 이번 모임은 참석하지 말아야겠다."

서은영이 총동문회 모음에 불참하기로 마음먹었다.

총동문회 연말 모임에 참석했기에 봄모임에 참석하지 않아도 괜찮았다. 무엇보다 차준후가 참석하지 않기에 가고 싶지 않았다.

그녀는 저번에 동기들과 선후배들에게 차준후를 데리고 오라는 많은 청탁을 들어야만 했다. 그렇지만 적극적으로 차준후에게 총동문회 참석을 종용하지 않았다.

총동문회는 이른바 사교의 장이었다.

'준후에게 친한 사람들이 늘어나는 게 싫어. 특히 여자들이 준후를 많이 노리고 있어. 총동문회에 데리고 갔다가 준후가 여자들을 만나면 어떻게 해?'

그녀의 진정한 속마음이었다.

대학교를 다닐 때 차준후가 친하게 지낸 사람들이 제법 많았다. 차준후에게 호감을 가지고 있던 여자들도 있었다.

연인까지는 아니지만 차준후가 만나던 여자 대학생들이 있기는 했다. 그녀들 가운데 대다수는 차준후와 다시 만나기를 희망하고 있었다.

좋은 남자와 결혼하려는 여성들의 다툼은 날카로운 칼과도 같았다. 세상에는 수많은 남자들이 있지만 그 가운데 여성들의 집중적인 호감을 받는 남자는 극소수였다.

그리고 차준후는 그중 하나였다.

차준후는 모든 집안에서 신랑감으로 들이고 싶어 하는 일등신랑감이었다.

서은영은 다른 여인들과의 차준후 쟁탈전에서 결코 물러서지 않을 생각이었다.

"여기 갈비 먹어 봐. 무척 연하고 부드러워."

서은영이 갈비찜을 접시에 덜어서 차준후에게 건네줬다.

"고마워."

차준후가 아기새처럼 주는 갈비를 맛있게 먹었다.

정말 요리를 맛깔나게 잘하는 집이었다. 지극히 만족스러웠기에 다음에 재방문을 꼭 하겠다고 다짐했다.

어찌 저렇게 맛있게 먹는 것인가.

차준후를 그윽한 눈빛으로 바라보는 서은영은 조금이라도 더 챙겨 주고 싶었다.
"이것도 맛있어."
　서은영의 손놀림이 바빠졌다. 그녀는 자신이 먹는 걸 뒤로하곤 차준후의 접시에 계속 음식을 옮겨 담았다.
"너도 먹어."
"다 먹었어. 그리고 감기에 걸려서 그런지 식욕이 별로 없네."
　그녀의 양 볼이 붉었다.
　먹지 않아도 배부르다고 할까?
　거절하지 않고 모두 받아먹는 차준후였고, 서은영의 얼굴에는 기쁜 기색이 역력했다.
　머리에서 발끝까지 전율이 스치고 지나갔다.
　화기애애한 분위기가 철철 흐르는 식사 자리는 무척이나 즐거웠다.

인수 합병

 스카이 포레스트와 차준후에 관련된 기사가 나오면 신문 판매량이 폭증한다. 그리고 기분 좋은 기사를 접한 전국의 주당들이 술집을 찾는다.
 신문 1면에 차준후의 기사로 대서특필되는 날은 전국의 술집에 주당들로 가득 찼다. 막걸리, 소주, 위스키 등이 잔뜩 팔리는 날이었다.
 전국의 모든 술집 사장님들은 신문 1면에 매일 차준후의 기사가 나오기를 기도했다.
 술집 사장님들이 형광등 국산 개발이라는 축하의 순간을 그냥 보낼 리 만무했다.
 "오늘은 국산 형광등이 출시된 아주 경사스러운 날입니다."

"술집이 형광등 출시와 무슨 관계가 있소?"
"술이 오늘은 반값입니다. 안주도 저렴하게 드리고요."
"오늘은 술로 배를 채워야 하겠군."

술집 사장이 주당들을 끌어들이기 위해 할인 정책을 꺼내 들었다.

"우리 집은 막걸리를 6할을 할인하겠소. 어느 곳을 가도 우리 집보다 저렴하지는 않을 겁니다."
"오늘 하루! 과감하게 이득을 포기합니다. 무려 70퍼센트 할인을 합니다. 국산 형광등 개발을 본 우리 사장님이 미쳐 버렸어요."
"우리는 일정 금액을 내면 술을 무한대로 내줍니다. 배가 터지도록 먹어 보세요."

술값을 저렴하게 하면 주당들은 안주를 팍팍 주문한다. 술에서 손해를 보더라도 안주들 주문으로 이익을 챙기는 게 가능했다.

술집들이 가격 경쟁을 펼쳤고, 주당들이 술집을 가득 채웠다.

서울의 술집들이 시끌벅적했다.

하루의 피로를 풀기 위해 술집에 들른 직장인들이 차준후와 스카이 포레스트, 형광등 등을 술자리에서 안주 삼아 떠들어 댔다.

"화장품뿐만 아니라 형광등까지 개발하다니, 차준후는

정말로 대단해."

"차준후 대표가 네 친구냐? 대표나 사장님이라는 호칭을 덧붙여라."

"차준후 대표는 정말로 애국자야. 형광등 개발로 외화 낭비를 줄여 줬어."

"그런 식이면 한참 전부터 애국자였어. 화장품을 수출해서 외화를 잔뜩 벌어들이고 있었으니까. 나는 차준후 대표가 광복회에 엄청난 기부금을 줬다는 게 더욱 대단하다고 봐."

"동감이야. 친일파들이 떵떵거리며 사는 모습을 보면 속에서 천불이 나고는 해. 독립운동을 한 사람들이 대우받는 세상이 되어야 한다고."

독립운동가와 그 후손들은 대부분 가난하게 살고 있었다. 집안의 모든 재산을 독립운동에 사용했기 때문이었다.

광복회에서는 차준후가 기부 사실을 적극적으로 사람들에게 알렸다. 그 덕분에 차준후의 선행을 아는 사람들이 점점 늘어났다.

"안타깝게 살고 있는 독립운동가 후손들을 돕다니, 차준후 대표는 정말 마음이 비단결처럼 곱다."

"두말하면 입 아프지."

"차준후 대표를 위하여! 건배하자."

"좋아."

주당들이 잔에 꽉 채운 술을 깔끔하게 비웠다.
"받으시오."
"이번에는 형광등 개발을 축하하며! 마시자."
"마시자!"
차준후와 관련된 이야기들을 하나둘씩 꺼낸 주당들이 주거니 받거니 하면서 알싸하게 취해 갔다. 술을 마실 수 있는 이야기들이 끝도 없이 이어졌다.
술집의 술을 모두 마실 기세로 주당들이 달려들었다.
무한으로 술을 제공하는 술집에서 막걸리가 동이 나고 말았다. 평소보다 세 배 이상으로 막걸리를 공급받았지만 끊임없이 밀려드는 주당 손님들을 감당해 내지 못했다.
결국 술집의 사장과 종업원들이 일찌감치 문을 닫고 퇴근해야만 했다.
"오늘처럼만 장사가 되면 정말 좋겠다."
"내일도 차준후의 기사가 신문 1면에 나오기를 기대하세요, 사장님."
"어허! 어디 신성한 차준후 대표님의 이름을 막 부르는 거냐? 항상 대표님이라는 말을 붙여라. 다음에도 그러면 넌 그냥 해고야."
"예, 예. 알겠어요. 앞으로 차준후 대표님이라고 부를게요."
어느 술집에서 어질러진 테이블과 바닥, 주방을 치우는

와중에 벌어진 일이었다.

술집 사장들에게 차준후는 매상을 잔뜩 올려 주는 아주 고마운 존재였다.

차준후를 존경을 넘어 신성시하는 술집 사장들도 있었다. 그들은 직원들이 함부로 차준후에 대해서 입에 올리는 걸 결코 간과하지 않았다.

세계에 대한민국을 알리는 데 큰 공헌을 하고 있는 차준후의 위상은 날이 갈수록 높이 비상하고 있었다.

대한민국은 차준후 보유국이다!

이 사실 하나만으로도 가슴이 부풀어 올랐다.

민심이 지지하고 있는 차준후였다.

이제 대한민국의 권력을 가지고 있는 사람들도 차준후를 함부로 대하지 못했다. 잘못 대했다가는 오히려 역풍이 불어닥칠 수도 있었다.

이런 민심을 민감하게 받아들이고 있는 군인 무리들이 있었다.

그들은 차준후를 부정축재자 1위로 여기고 있는 군인들이었다.

* * *

급물살을 탄 론도 생활 화장품 인수 관련 최종 보고서

를 읽으면서 차준후는 다시금 론도 생활 화장품이 좋은 기업이라는 생각을 했다.

"드디어 마무리가 됐구나."

이제 론도 생활 화장품이 스카이 포레스트의 품속으로 완전히 들어오게 됐다.

인수 대금까지 론도 그룹에 지불한 상태였다.

보고서에는 론도 생활 화장품이 국내에서 판매하고 있는 제품들과 그 제품들의 매출과 수익 등이 적혀 있었다.

"정말 다양한 상품들을 판매하고 있구나."

비누와 가루비누, 샴푸, 린스 등 화학제품들.

플라스틱 바구니 등 플라스틱 합성수지 제품들.

숟가락, 젓가락, 냄비, 프라이팬 등 금속 제품들.

생활용품 공장에서는 생활에 긴요하게 쓰이는 물건들을 다양하게 생산했다.

국내 생활용품 시장을 석권하겠다는 진남호 회장의 원대한 포부가 그대로 녹아 있었다.

일본에서 한국으로 귀향해서 론도그룹을 창립한 진남호의 계획 한 부분이 차준후로 인해 무산되고 말았다. 원 역사에서 론도그룹을 든든하게 떠받쳤던 론도 생활 화장품이 이제는 사라지고 말았다.

"이익이 쏠쏠하네. 이런 알짜배기를 빼앗긴 진남호 회장이 배 아파하겠는데……."

차준후가 진남호를 떠올리면서 고소를 지었다.

국내 생활용품 시장의 절대 강자로 자리 잡고 있는 론도 생활 화장품이다. 기존의 자리만 유지해도 이익을 쏠쏠하게 보는 게 가능했다.

"그렇지만 여기서 그치면 매출은 점점 감소하겠지."

론도 생활 화장품은 현재 막대한 이익을 벌어들이고 있었지만, 그것은 아직 후발 주자가 뒤따라오지 못한 것에 불과했다.

론도 생활 화장품의 제품들의 다수는 특별한 기술 없이 누구든 따라 제조할 수 있는 것들이었다.

즉, 현재 론도 생활 화장품은 그저 시장을 먼저 선점했기에 지금과 같은 이익을 낼 수 있는 것뿐이었다.

이대로라면 설령 후발 주자들에게 따라잡히는 일은 없더라도, 결국 시장을 양분하게 되어 이익 감소로 이어질 수밖에 없었다.

실제로 이미 가내수공업 수준의 공장을 포함하면 전국에 수백여 개의 경쟁사들이 난립해 있었다. 심지어 집에서 가마솥을 걸어 놓고 비누를 만들어서 파는 업체들도 많았다.

"그 문제를 제2공장의 직원들로 좀 해소할 수 있겠지."

차준후는 론도 생활 화장품, 아니 이제 스카이 포레스트의 제2공장 직원들에게 주목하고 있었다.

이 당시의 판매 방식은 대부분 소매점 직판 체제였다.

대형 도매점과 총판들이 있는 지역을 제외하면 한마디로 부지런히 여러 소매점을 돌아다니면서 발로 뛰어야 하는 영업인 것이다.

영업사원들이 자전거, 삼륜차, 소형 트럭, 대형 트럭 등으로 전국 곳곳을 돌아다니면서 생활용품들을 운반해 줬다.

"제2공장으로 유통망을 크게 강화할 수 있겠어."

물론 용산 후암동의 제1공장에도 영업사원들은 있지만, 그들의 발은 서울과 경기권까지만 미쳤다.

현재의 인력으로는 서울, 경기권만 하더라도 쉴 틈 없이 돌아야 했기에 경기도 외곽까지 영업을 나가는 건 무리였다.

그런 상황에서 새롭게 충원한 제2공장의 영업사원들은 새로운 유통망 확보에 큰 도움이 될 터였다.

SF 유통과 방문 판매 사원들이 있었지만 아직 부족한 면이 존재했다. 전국에 거미줄 같은 유통망을 만드는 과정에는 많은 시간과 노력, 인력, 자금 등이 필요했다.

이제 제2공장의 영업사원들은 제1공장의 영업사원들과 SF 유통의 발길이 닿지 않던 곳까지 영업을 하며, 스카이 포레스트의 전국 영업에 한층 날개를 달아 줄 것이었다.

흐뭇한 미소를 지은 차준후는 이어서 화장품에 대한 이야기가 적혀 있는 보고서를 읽어 내렸다.

"낙후된 생활용품 공장과 달리 화장품 쪽은 아주 최신 장비로 도배를 해 놨군."

길을 걷다가 떨어진 돈을 주운 심정이었기에 차준후가 웃었다.

화장품 공장의 시설은 최신식 장비들이 즐비하게 설치되어 있었다. 스카이 포레스트를 잡기 위해 시세삼도와 론도 생활 화장품이 막대한 투자를 한 탓이었다.

"화장품 생산 공장 쪽은 제1공장의 인력을 파견하고, 배치를 살짝 바꾸는 정도로 충분하겠어."

스카이 포레스트의 방식에 맞게 인력을 배치하고, 추가로 기계 설비를 투입하면 빠른 시간 내에 화장품 생산이 가능하였다.

시세삼도 일본 공장에서 사용하는 그런 최신 시설이 스카이 포레스트의 수중에 들어왔다. 차준후와 스카이 포레스트의 입장에서 환호할 일이었지만 시세삼도는 눈물을 펑펑 흘려야만 했다.

"여기에도 직원들을 추가로 뽑아야겠군."

스카이 포레스트의 화장품들은 불티나게 팔려 나갔다.

아침부터 밤늦게까지 공장을 가동해도 주문 물량을 소화해 내지 못하고 있었다.

그에 자동화 설비를 늘리고, 컨베이어 벨트를 새롭게 깔아서 라인을 만들었고, 라인에 생산직 직원을 지속적으로 늘리고, 포장 작업을 하는 사원들을 추가로 뽑았다.

"화장품 생산에 조금은 숨통이 트이겠어."

요즘 들어 더욱 난리였다. 유통사들과 상인들이 현금을 싸 들고 찾아와서 화장품들을 받아 가려고 난리였다.

실프 마스크팩과 무스 신제품 출시로 국내뿐만 아니라 미국도 난리법석이었다.

캄벨 무역회사를 비롯한 미국의 기존 거래처들은 달러를 내고 물건을 받아 갔으며, 일부 미국 무역업체들은 계약서를 쓰지도 않았는데 선금을 내겠다고 직접 찾아오기까지 했다.

신제품들을 원하는 곳들은 많은데 공급이 모자라서 애를 먹었지만, 이번 제2공장 인수로 조금이나마 숨통이 트였다.

제3공장을 세우는 등 공장을 더 늘리고 설비를 확충시키면 문제를 더 완벽히 해결할 수 있겠지만, 이 시기엔 차준후로서도 당장 해결할 수 있는 문제가 하나 있었다.

바로 전력난 문제였다.

제1공장의 기계들이 정전으로 툭하면 멈춰 버렸다. 비상용 발전기들을 비치하기는 했지만 한계가 있었다.

이 당시의 전력 사정은 그야말로 최악이었다.

어느 정도였냐면, 원 역사에서는 1962년에 제한 송전을 발표하며 전국적으로 정해진 시간에는 송전을 차단했을 정도였다.

직후 정부는 급격히 발전소를 늘려 나가기 시작했지만, 제한 송전이 해제된 것은 그로부터 2년이 지난 1964년에 이르러서였다.

최빈국에 위치해 발전소를 세울 여유 자금이 부족했던 대한민국으로서는 이마저도 빠르게 사태가 해결된 것이라 볼 수 있었다.

무작정 공장을 늘리며 설비를 확충했다간 이 문제를 가속화시킬지도 몰랐다.

특히 자동화 설비와 반자동화 설비 등 미국에서 들여오는 기계들은 하나같이 전력을 많이 소비하였기에 더더욱 그러했다.

그에 미래를 알고 있는 차준후는 대한민국의 성장에 발맞춰 조금씩 공장을 늘려 나갈 계획이었다.

워낙 낙후된 대한민국이었기에 무작정 화장품 사업을 진행할 수는 없었다. 화장품을 마음껏 만들기 위해서는 아직도 신경 써야 할 구석들이 많았다.

그런 구석들 가운데에는 발전소처럼 단시간에 해결하지 못하는 것들도 존재했다.

"이제는 발전소까지 지어야 하나?"

차준후가 중얼거렸다.

화장품을 마음껏 만들기 위해서는 발전소 사업까지 관여해야 할지도 몰랐다. 최대한 문어발 사업을 자중하고 있었는데, 이러다가는 계열사에 전력 회사까지 포함될 수도 있었다.

"자중하자."

차준후는 발전소 사업에 대한 생각을 접었다.

지금만 해도 벌려 놓은 사업들과 계열사들 때문에 해야 할 일들이 태산이었다. 기간산업인 발전소 사업까지 뛰어들었다가는 몸이 열 개라도 부족했다.

차준후가 전력량이 허용하는 한도에서 사업을 진행하기로 마음먹었다.

전력난 문제 탓에 생산량이 주문량을 따라가기 급급한 실정이었지만, 이는 오히려 더 소비자를 부추기는 계기가 되기도 했다.

구하기 어렵기에 소비자들이 더욱 원한다고 할까?

툭하면 품절되는 스카이 포레스트 화장품들은 원한다고 해도 무조건 구할 수 없다는 꼬리표를 달고 있었다.

또 다른 문제가 발생하지 않는 당분간은 크게 걱정하지 않아도 되어 보였다.

"하지만 이것도 언젠가 한계에 이르겠지."

특별한 기술 없이 누구든 따라 제조할 수 있는 제품들

만으로는 결국 한계가 있을 수밖에 없었다.

　제2공장만의 특별한 제품이 필요했다.

　그래서 생각했던 것이 바로 큐빅이었다.

　이미 미국이 태국과 싱가포르 등 아시아 국가들에서 머리띠와 팔찌 등 장신구를 수입하고 있다는 건 파악해 둔 상태였다.

　이미 일부 기업들이 미국 장신구 시장을 장악하고 있는 상황.

　그러나 큐빅을 이용하여 만든 장신구들이라면 미리 미국 시장을 장악하고 있는 기업들을 밀어낼 수 있으리라 여겼다.

　"토니 크로스 상무의 요청을 들어줄 겸해서 미국에 갔다가 와야겠어."

　큐빅은 지르코늄이라는 광물을 공정 작업을 통해 산화지르코늄으로 만든 뒤, 다시 냉각시켜 만들어 내는 과정을 통해 만들어진다.

　그런데 이 작업을 진행하는 건 현재 대한민국의 설비로는 어려움이 있었다. 다소 번거로움이 있더라도 미국의 기술과 설비를 이용해야만 했다.

　그에 차준후는 그렇지 않아도 토니 크로스의 요청 때문에 미국에 한번 들르려고 했으니 겸사겸사 미국으로 향하기로 마음먹었다.

저번에 받은 토니 코로스의 편지에는 쉴 시간이 없어서 너무 힘들다는 이야기들로 가득했다. 일이 너무 많아서 병원을 가지도 못했고, 덕분에 병이 악화된다는 이야기까지 있었다.

"너무 많은 일을 하고 있기는 하지."

미국에서 스카이 포레스트의 화장품은 대유행을 타고 있었다.

그 전에는 이런 분위기가 아니었다.

화장품들이 과거에 비해 잘 팔리고 있었지만 대세라고 부를 수 있는 분야는 아니었다. 그러나 스카이 포레스트의 등장 이후 대세로 떠올랐다.

현재 미국에서 스카이 포레스트의 화장품은 대유행을 타고 있었다.

그전에도 제법 인기가 있었지만, 유행이라고까지 할 정도는 아니었다.

그런데 이렇게 선풍적인 인기를 끌게 된 것은 바로 미니스커트를 활용한 광고 덕분이었다.

미니스커트를 활용한 SF-NO.1은 미국 여성들의 마음을 단숨에 휘어잡았고, 할리우드와 빌보드 등에서 이름을 알리며 잘나가는 연예인들마저 스카이 포레스트의 화장품을 구매하도록 만들었다.

이에 일반 대중들까지 스카이 포레스트 화장품에 대한

동경을 품게 되었고, 폭발적인 인기를 얻게 된 것이었다.
 예상치 못한 성과로 물밀듯 쏟아지는 업무를 홀로 처리하고 있는 토니 크로스였다.
 사업이 성공적인 것은 좋은 일이었지만, 그에게 지나친 부담을 안겨 준 것 같아 미안할 따름이었다.
 그에 차준후는 이번에 미국에 갔을 때 토니 크로스에게 적절한 휴식을 안겨 줄 생각이었다.
 "그 전에 특허 신청 준비도 해야겠네."
 당장은 차준후를 제외한 그 누구도 큐빅의 공정 방법을 알지 못하지만, 언젠가는 연구해 낼 터였다.
 후일을 위해서라도 특허를 등록해 둘 필요가 있었다.
 차준후는 곧바로 당장 준비할 수 있는 큐빅에 관한 특허 서류를 만들기 시작했다.
 큐빅의 설명과 함께 만드는 공법에 대한 설명이 쉬지 않고 작성됐다. 머릿속에 있는 지식을 끄집어내기만 하면 되는 아주 간단한 작업이었다.
 이렇게 차준후의 손끝에서 기존의 역사보다 빠르게 등장하는 큐빅이었다.
 "지금 준비할 수 있는 건 이 정도인가?"
 특허 서류의 내용은 지극히 복잡하고 어려웠지만, 연구원으로 있을 때의 경험으로 특허 서류 작업을 금방 처리할 수 있었다.

물론 전부 끝난 것은 아니었다. 큐빅 관련된 기술 특허만 해도 등록해야 할 것이 한두 개가 아니었기에 지금 이 자리에서 전부 끝마치기엔 어려움이 있었다.

"나머지는 제조에 들어가면서 차차 정리해야겠네."

원 역사에서 큐빅이 개발되기까지는 아직도 한참이나 남아 있었다.

아직 시간이 많이 남아 있었기에 차준후는 신중하게 특허 작업을 끝마칠 계획이었다.

우회 특허까지 방어하려면 신경 써야 할 부분이 제법 많았다. 알아봐야 할 부분이 제법 있었기에 특허 서류 작업을 잠시 멈췄다.

멈춤 김에 하고 싶은 일이 생각났다.

"로고를 만들어 보자."

차준후가 이번에도 로고에 대한 욕심을 드러냈다.

제작할 큐빅 장신구들에 대한 상표 통합 로고였다.

대한민국을 비롯하여 세계로 수출할 큐빅 장신구들을 비롯한 상품 전체에 사용할 로고인 것이다.

무척 중요한 로고였기에 차준후는 지금껏 화장품들을 비롯한 상품들을 만들 때마다 가능하면 로고를 직접 고안했다.

큐빅 로고는 스카이 포레스트의 작품이라는 걸 사람들에게 가장 먼저 보여 주는 상징이기도 했다.

차준후가 신중하게 종이 위에 큐빅에 대한 로고를 형상화했다.

머릿속에 있는 로고는 선명한데 손끝에서 그려지고 있는 그림은 무척이나 조악하였다. 기존의 차준후의 로고 작품들처럼 이번에도 국민학생과 다름없는 조악한 그림을 만들어졌다.

막힘없이 진행된 특허 서류와 달리 로고는 지지부진했다.

오래 걸렸다.

시간과 노력에 비례해서 결과물이 나오는 건 아니다. 그것을 차준후가 여실하게 보여줬다.

"정말 못 그렸네."

스스로 봐도 정말 봐 주기 힘든 로고였다.

다이아몬드는 형상화한 로고는 많은 개선점이 필요해 보였다.

다행히도 그 개선을 대신해 줄 뛰어난 인재가 회사에 존재했다. 스카이 포레스트에는 조악한 그림체를 우아하면서 세련되게 뽑아 줄 수 있는 수석 디자이너 전영식이 있었다.

"수석 디자이너에게 요즘 밥을 사 주지 못했는데, 근사한 저녁을 먹여 줘야겠다."

차준후가 한동안 만나지 못했던 전영식과 저녁을 함께

하기로 마음먹었다.

* * *

 론도 생활 화장품에서 일하는 김운영이 어두운 얼굴로 회사를 향해 걸어갔다.
 밤사이에 봄비가 내린 탓에 인도가 진흙탕으로 되어 있어 걷기 무척 불편했다. 그렇지만 바지 자락이 젖는 불쾌함보다 경제적인 궁핍함이 더욱 불편했다.
 "하아!"
 한숨이 절로 나왔다.
 스카이 포레스트로 인수 합병 예정인 탓에 회사가 무척이나 혼란스러웠다. 직원들 일부가 해고당한다는 흉흉한 이야기가 나돌았고, 생활용품 계열이 분리된다는 확인되지 않은 소문까지 떠돌아다녔다.
 그는 생활용품 생산 라인에서 일하고 있었는데, 요즘 들어서 잔업 근무가 사라졌다. 잔업이 사라진 탓에 이번 달 월급이 팍 쪼그라들었다.
 "나가야 하는 돈이 많은데……."
 옷과 신발값, 식비, 방세, 아이들 교육비, 육성회비 등 지출해야 할 금액이 상당했다.
 부부 금슬이 좋은 탓에 아이들만 해도 일곱 명이었고,

장남인 그는 늙은 노부모님까지 모시고 있어서 잔업까지 열심히 해야 집안 살림이 그나마 돌아갔다.

"생활용품 계열을 분리한다는 말도 있어서 걱정이야."

걱정이 많은 김운영이었다.

이번 달에 식비를 해결할 수가 없어서 집에서 가까운 구멍가게에 외상을 하고 있었다. 어제는 외상 금액이 많아져서 더 이상 외상을 해 주지 않는다는 부인의 하소연이 있었다.

최대한 아낀다고 해도 어쩔 수가 없었다.

부모님에게는 삼시세끼를 꼬박꼬박 드리고, 자신과 아이들의 먹는 것을 줄였지만 그래도 살림살이가 어려웠다.

"이러다가는 아이들 학교를 못 보낼 수도 있어."

김운영이 생각하기도 싫은 일을 떠올렸다.

일곱 명의 아이들을 억척스럽게 학교에 보내고 있었다.

주변에서는 중학교에 다니는 장녀를 식모로 보내고, 장남을 취직시켜야 한다고 조언해 줬다. 실제로 이런 집들이 많기도 했다.

김운영은 아이들을 중학교까지는 보내고 싶었다. 배움을 통해 가난에서 벗어날 수 있다고 생각하고 있었기 때문이었다.

그러나 각별한 현실 앞에서 그의 바람이 무너지려고 했다.

"운영아, 좋은 아침이다!"

"수찬아."

"왜 이렇게 힘이 없냐?"

"생각할 것들이 많네."

"힘내라. 좋은 일이 있을 거야."

"그래야지. 그런데 어떻게 된 것이 현실이 점점 시궁창으로 변해 가는 느낌인지 모르겠다."

김운영이 같은 생산 라인의 직원에게 하소연을 토해 냈다.

"그 시궁창 현실이 바뀔 거다. 우리 회사가 스카이 포레스트에 인수되니까."

장수찬은 이번 인수 합병에 있어 커다란 기대를 하고 있었다.

"글쎄다. 스카이 포레스트는 화장품 회사잖아. 생활용품 계열을 분리한다는 말이 있어서 너무 불안해."

"확인되지 않은 소문이잖아."

"아니 땐 굴뚝에 연기가 나진 않아."

"난 차준후 대표님을 믿어. 그분이 인수한 회사들 중 문제가 생겼던 곳은 단 한 곳도 없으니까. 그렇잖아?"

"그런가……."

"믿자고. 믿는 사람에게 복이 온다고 했잖아."

"네 말처럼 됐으면 정말 좋겠다. 어렵고 힘든 내 처지를 좋게만 만들어 준다면 평생 회사에 충성을 다할 거다."

김운영은 경영자들에 대한 불신이 컸다.

어렸을 때부터 학업을 포기한 채 일해 왔던 그는 직원들을 쥐어짜는 경영자들을 여럿 접해 왔다.

론도 생활 화장품 또한 직원 복지는 무척 열악했고, 쉬는 날 없이 잔업을 해야지만 그럭저럭 집안을 건사할 수 있을 만큼 벌 수 있었다.

물론 차준후는 그런 경영자들과 달리 좋은 소문이 많았지만, 직접 겪어 보기 전까지는 믿기 어려울 수밖에 없었다.

두 사람이 두런두런 대화를 나누면서 걷기 시작했다.

회사에 가까워질수록 출근하는 직원들이 많아졌다.

"어! 저기 봐!"

"뭔데?"

"회사 간판이 바뀌었어."

"정말이네."

"이야! 저게 말로만 듣던 스카이 포레스트의 불 들어오는 채널 간판이구나. 드디어 저게 우리 공장에도 들어섰어."

론도 생활 화장품의 밋밋한 간판이 있던 정문에서 사라져 있었다. 그 자리에는 스카이 포레스트라는 멋들어진 영어 필기체로 작성된 채널 간판이 세련된 모습을 자랑했다.

간판 한구석에 제2공장이라는 단어들이 붙어 있었다.

용산 후암동에 있는 스카이 포레스트가 제1공장이 되었고, 동대문 제기동의 론도 생활 화장품 공장이 제2공장이라고 불리게 됐다.

스카이 포레스트의 채널 간판은 용산 후암동의 어둠을 밝혔다. 언덕에 위치한 채널 간판을 멀리까지 그 아름다운 위용을 자랑했다.

채널 간판은 용산 후암동의 명물로 자리 잡은 지 오래였다. 이제 동대문 제기동이 그 바통을 이어받게 됐다.

국내 다른 기업들은 따라 하려고 해도 따라 할 수 없었던 채널 간판이었다. 지금은 형광등이 국산화되면서 채널 간판이 서서히 보급되고 있었지만 말이다.

채널 간판을 만들기 위해 형광등을 특별 주문하는 기업들이 잔뜩 줄을 선 상태였다. 특별한 채널 간판은 기업들의 위상을 다르게 만들어 주었다.

"만세! 드디어 스카이 포레스트의 계열사가 된 거구나. 이제부터는 고생 끝, 행복 시작인 거야."

장수찬이 양팔을 들어 올리며 환호했다.

'얘는 아무 생각 없이 좋아하는구나.'

김운영은 김칫국을 마시는 것일 수도 있다면 속으로 생각했지만 구태여 동기의 좋은 기분을 망가뜨리지 않았다.

비관적인 김운영과 달리 정문을 통과하는 직원들의 표정이 대체로 상기되어 있었다.

두 사람이 일하는 생산 현장으로 출근했다.

직원들이 모두 출근하자, 작업반장이 직원들을 불러 모았다.

"좋은 아침입니다. 오늘부터 박가인 위생사분을 비롯한 용산 후암동의 제1공장에서 파견을 나오신 직원분들과 함께 일하게 됐습니다. 모두 새롭게 오신 분들을 환영해 주시기 바랍니다."

작업반장은 출근한 직원들에게 뜻밖의 소식을 전했다. 작업반장 옆에는 새하얀 가운을 입은 여성이 새하얀 가운을 입은 여성 한 명이 서 있었다.

청소

"위생사?"
"위생사가 뭐야?"
"처음 들어 보는 직종인데?"
사람들이 수군거렸다.
"안녕하세요. 박가인 위생사라고 합니다. 앞으로 잘 부탁드려요."
박가인이 고개 숙여 인사했다.
"자, 박수!"
작업반장이 앞장서서 열렬히 박수를 쳤고, 사람들이 따라서 박수를 쳤다.
"스카이 포레스트에서는 위생을 최우선적으로 신경 쓰고 있습니다. 저는 그 위생을 책임지고 있는 사람입니다."

스카이 포레스트에서는 21세기 사업주의 시선으로 생산 현장을 운용하고 있었다. 1960년대의 현실을 받아들이고 있지만 차준후가 볼 때 아닌 부분들도 존재했다.

그중 대표적인 게 바로 위생 분야였다.

차준후는 위생이라는 개념이 없다시피 한 1960년대에 큰 충격을 받았다.

가령 볏짚으로 물건을 포장하여 운반하는 모습은 길거리를 지나다 보면 흔하게 볼 수 있는 풍경이었다.

이러한 심각한 비위생적인 환경은 생산 현장이라고 다를 것이 없었다.

생활용품을 만들고 있는 공장은 무척이나 지저분했다. 플라스틱과 먼지, 쓰레기, 공구, 기름 범벅인 장갑 등이 아무렇게나 널려 있었다.

차준후는 다른 곳은 몰라도 자신의 회사만큼은 이러한 환경을 가만히 내버려둘 생각이 없었다.

"지금부터 생산 현장을 대청소할 겁니다."

"대청소요?"

"지금 화장품 공장을 시찰하고 계신 차준후 대표님은 물건을 청결한 장소에서 만드는 게 중요하다고 생각하고 계세요."

차준후는 취약한 위생 관념을 끌어올리기 위해 노력하고 있었다. 그렇기에 후암동 공장에 위생사라는 직종을 만들어서 생산 전반의 위생과 청결 문제에 각별한 신경을 썼다.

작년에 위생 문제로 큰 손해를 본 적이 있었기에 신경을 쓰지 않을 수 없었다.

작년 가을, 한 도매상 대표에게 화장품에서 머릿니가 나왔다는 항의 전화가 걸려 왔다.

스카이 포레스트는 급히 직원을 보냈고, 사실임을 확인했다. SF-NO.1 밀크의 용기 안에서 머릿니가 발견된 것이다.

차준후는 도매상 대표를 직접 찾아가 고개를 숙였다.

그리고 해당 도매상에 납품한 화장품들뿐만 아니라 같은 날, 같은 생산 공정에서 생산된 제품들을 전부 수거하여 폐기했다.

이 일로 스카이 포레스트는 적지 않은 손해를 봤다.

모든 제품에 머릿니가 들어간 것은 아니니 꼼꼼하게 검수한 뒤에 재판매를 해도 괜찮지 않냐는 말도 있었지만 차준후는 고개를 가로저었다.

'위생적이지 않은 화장품은 판매하지 않는다.'

차준후는 고객의 신뢰가 사업의 근본임을 잘 알고 있었기에 눈앞의 이익에 결코 연연하지 않았다.

그런데 문제는 이것으로 해결되는 게 아니었다.

진상을 확인하기 위해 생산 현장을 방문한 차준후는 기

겁하지 않을 수 없었다.

생산 현장의 스카이 포레스트의 근로자들 가운데 머릿니 때문에 머리를 긁적거리는 사람들이 다수 존재했던 탓이었다.

화장품을 만드는 공장에서 머릿니라니!

머리카락을 긁적이다가 화장품에 머릿니라도 들어가면 낭패였다.

차준후는 해충부터 공기질, 수질, 바이러스까지 꼼꼼하게 살펴 주는 현대의 청소업체가 무척이나 그리워졌다.

할 수만 있다면 지금 당장 그 업체에게 거액을 안겨 주고서라도 공장 전체와 직원들의 위생 상태를 맡기고만 싶었다.

공장의 소독과 구충 및 방제, 그리고 직원들의 위생과 청결에 대한 대책이 필요했다.

이후 공장에는 기존에 없던 위생사라는 직종이 새롭게 생겨났다.

위생사들이 공장의 위생을 매일 꼼꼼하게 체크하였고, 똑같은 하자가 발생하지 않도록 생산 공정을 보완하였다.

그 뒤로도 차준후는 계속해서 위생과 청결에 관련된 정책을 펼쳤다.

회사로 출근하면 모두 회사에서 지급한 작업복으로 갈아입어야 하고, 머리카락을 감싸는 캡을 써야만 했다.

초기에는 귀찮고 불편해서 캡을 벗는 직원들이 적지 않았지만, 화장품 생산 공정에 머리카락이 떨어지는 일이 발생하지 않도록 하기 위함이었기에 필요성을 계속해서 강조했다.

그리고 꼼꼼하게 손 씻기, 손톱을 정갈하게 깎기, 이발 등으로 직원들의 위생을 챙겼다. 위생사들은 출근하는 직원들의 머리카락과 두피, 그리고 손가락 밑의 때까지 살폈다.

그뿐만이 아니었다.

스카이 포레스트는 근처 대중목욕탕들과 협약을 맺어 직원들이 정기적으로 무료로 목욕을 할 수 있게 해 주었다.

이후 스카이 포레스트의 직원들과 가족들은 꼬박꼬박 목욕탕에 들러 청결에 신경 썼다.

꼬마 아이들은 대중목욕탕에서 목욕을 하고 나오면서 한 손에 SF 우유의 초코우유와 딸기우유를 든 채로 행복한 표정을 짓고는 했다.

처음에 씻기 싫다고 울고불고 난리를 치던 아이들이 이제는 먼저 대중목욕탕을 가자고 난리였다.

그 덕분에 목욕탕 사장님들이 가장 좋아하는 업체가 스

카이 포레스트라는 말이 시중에 떠돌았다.

"차준후 대표님이 오셨다고요?"

"오늘 하루 화장품 공장을 비롯해서 전반적으로 둘러보신다고 들었어요. 그분은 지저분하고 더러운 걸 무척 싫어하세요."

"여러분들! 들으셨죠? 바닥에 티끌 하나 없도록 깨끗이 청소합시다. 더러운 것들은 모두 한쪽으로 치워 두세요."

작업반장이 위생사의 말에 힘을 보탰다.

"지금도 깨끗한데……."

"왜 대청소를 해? 잘 보이려고 너무 유난 떠는 거 아니야?"

김운영이 툴툴거렸다.

군대 내무반에 별을 단 장군이 등장하는 형국 아닌가.

왜 차준후 때문에 먼지를 뒤집어써 가면서 청소를 해야 하는 거지?

김운영을 따라 툴툴거리는 사람들이 제법 보였다.

이것이 바로 이 시대의 위생 관념이었다.

1960년대 사람들의 눈에는 지금의 작업 현장이 충분히 깨끗한 편이었다.

대부분의 사람들은 벽돌집이나 시멘트집이 아니라 흙집과 판잣집에서 살아가고 있었고, 수세식의 좌식 화장실이 아닌 벌레들이 득시글거리는 커다란 항아리를 묻어

놓은 화장실들에서 용변을 해결하였다.

"여러분! 제가 제2공장으로 오기 전에 들은 좋은 이야기가 있어요."

"무슨 이야기입니까?"

"제2공장 직원분들의 월급이 크게 올라간다고 들었어요."

"네?"

"생산 공장에서 일하던 분들은 기존에 받던 월급보다 최소 두 배 이상은 오를 거라고 하더라고요."

박가인이 즐거운 소식을 전했다.

론도 생활 화장품에서 근무하던 직원들의 월급이 너무 박하다는 걸 알게 된 차준후가 대폭적인 월급 인상을 지시하였다.

그 결과, 직원들의 월급이 두 배 이상으로 껑충 뛰어올랐다.

"정말요?"

청소하는 게 귀찮아서 시큰둥하게 있던 김운영의 눈이 커졌다. 갑작스러운 희소식에 다른 직원들도 앞다퉈 물었다.

"사실입니까?"

"우리들도 스카이 포레스트 직원들처럼 많은 월급을 받는 거군요."

청소 〈177〉

"우리 회사는 직원들에게 동종 업계 최고의 대우를 해 줘요. 그리고 이건 기본 월급에 한정된 이야기예요. 잔업 수당과 복지 혜택 비용까지 합치면 족히 세 배 이상으로 받아갈 수 있어요."

박가인이 친절하게 설명해 줬다.

일과 시간을 초과하여 근무할 시에는 기본급의 50%를 추가로 지급하는 스카이 포레스트의 잔업 수당 이야기는 무척이나 유명하다.

또한 무려 1시간 30분이나 되는 점심시간과 함께 각종 음료수가 즐비한 탕비실, 간식 이야기는 론도 생활 화장품의 직원들에게 꿈만 같은 소리였다.

"이제 여러분들도 스카이 포레스트 직원이에요. 그러니까 많은 월급과 좋은 복지 혜택을 누리는 대신, 회사의 정책에 적극적으로 따라 주세요."

"당연하지요."

"어디부터 청소하면 될까요?"

"차준후 대표님이 오시기 전에 바닥을 유리처럼 매끈하게 만들어 버리겠습니다."

김운영이 소맷자락을 걷어붙이고 나섰다.

지금껏 마구 쥐어짜는 사업주들만 만났던 불행한 그였다. 그런 그가 이번에는 근로자들을 알뜰하게 챙겨 주는 마음씨 좋은 사장을 만났다.

항상 시큰둥하고 투덜대면서 일해 왔던 그가 완전히 바뀌었다. 좋은 사장님 밑에 좋은 근로자가 될 마음가짐을 가진 것이었다.

"신문과 잡지, 장갑 등 쓰레기들을 치웁시다."

"창문을 깨끗하게 닦아야 해요."

"먼지와 기름에 찌든 생산 기계들도 깨끗하게 만들자."

"삽 가지고 와. 삽으로 여기 있는 쓰레기들을 모두 치워 버릴 테니까."

열정적으로 움직이는 사람들의 손길 아래 생산 현장에 있던 온갖 쓰레기들이 정리되기 시작됐다.

"우리 현장에 쓰레기가 정말 많았네."

"모아 놓고 보니 놀랍다."

"아직도 치울 것들이 많아."

"지금까지 저런 쓰레기들을 옆에 두고서 함께 물건을 만들었네."

생산 현장에 있던 쓰레기들을 모았더니 한쪽에 산처럼 쌓였다.

사람들이 창문을 헝겊으로 닦고, 바닥을 대걸레로 문지르고, 때가 지워지지 않는 곳에 치약을 바른 칫솔로 광을 내고, 빗자루로 먼지를 쓸었다.

오전의 시간을 모조리 투자하자 생산 현장이 깨끗해졌다.

실내가 반짝반짝 윤이 날수록 사람들의 모습은 후줄근해졌다. 먼지가 잔뜩 묻은 머리카락과 옷이 더러워졌지만 사람들의 입가에는 웃음이 사라지지 않았다.
 "자, 여러분! 점심시간입니다. 점심을 먹고 나머지 청소합시다."
 "작업반장님, 점심은 먹지 않아도 괜찮습니다. 이렇게 잔뜩 어지럽혀 놓고 어떻게 밥을 먹으러 가겠습니까? 차준후 대표님에게 보다 깨끗한 공장 모습을 보여 주고 싶어요."
 "맞아요. 오늘은 점심을 먹지 않아도 배부릅니다."
 "자네들이 점심을 마다하다니, 내일은 해가 서쪽에서 뜨겠군. 그렇지만 나도 점심을 건너뛰고 청소에 더욱 매진하고 싶은 마음이야."
 작업반장을 포함한 모든 직원이 청소에 열중할 생각이었다. 늘어난 월급을 생각하면 점심을 먹지 않아도 배가 불렀다.
 "여러분들의 마음은 충분히 이해해요. 하지만 점심은 먹고 일해야지요. 스카이 포레스트의 복지 혜택 가운데 하나가 바로 점심 식비를 지급해 준다는 사실이에요. 그런 혜택을 그냥 낭비하시면 절대 안 되죠. 그리고 여러분들을 데리고 점심시간에도 일하면 제게 윗분들에게 꾸중을 들어야만 해요. 저를 생각해서라도 점심을 맛있게 드시고 청소해 주세요."

박가인은 직원들에게 사정 아닌 사정을 했다.

윗사람들에게 잘 보이기 위해 점심시간에도 청소를 시켰다가는 시말서를 써야 할 수도 있었다. 실제로 있었던 이야기였다.

작업자의 휴식 시간에 절대 강제로 일을 시켜서는 안 됐다. 자발적으로 일을 한다고 해도 말려야만 하는 처지였다.

"일을 한다고 해도 말리는 회사는 처음이네."

"스카이 포레스트는 마음대로 일을 할 수가 없는 기업이구나."

"좋다는 말은 들었는데, 직접 겪어 보니 정말로 환상적이다."

"그런데 점심 식대를 현금으로 주는 건가요?"

"현금으로 지급하지는 않아요. 직원분들이 식사하는 식당에 회사가 직접 지급해요."

"우리 공장은 회사 내에 급식소가 있는데, 거기서 먹는 것 아닌가요?"

론도 생활 화장품은 회사 내부에 직원들을 위한 급식소를 운영하고 있었다. 급식소에서 나오는 음식들의 품질은 그저 평범했다.

"여기 식권 나눠 드릴게요. 스카이 포레스트와 협업을

맺은 식당이라면 어디서든 사용하실 수 있습니다. 협업 식당 외부에 스카이 포레스트 로고가 붙어 있을 겁니다. 제2공장 주변의 식당들이 협업 식당으로 등록되어 있으니, 식사하시기에 불편하시지는 않을 거예요."

많은 직원을 거느리고 있는 스카이 포레스트는 직원 식당인 급식소를 두고 있지 않았다.

거대한 회사를 운영하는 입장에서 급식소가 없다는 건 문제가 될 수도 있었다. 그러나 외식을 선호하는 차준후가 직원 식당의 설치와 운영을 반대한 것이었다.

론도 생활 화장품이 스카이 포레스트의 제2공장으로 바뀐 건, 제기동 주변의 식당들에 호박이 넝쿨째 굴러 들어온 일이었다.

점심 식대는 주변 식당에서 식사를 하기엔 충분한 금액이었다.

그동안 급식소에서 나눠 주는 그저 그런 식사만 해 왔던 직원들의 입가에 미소가 떠올랐다.

"욕쟁이 할매 주꾸미집 어때? 통통하고 쫄깃한 주꾸미가 땡긴다. 퇴근했으면 주꾸미에 술 한잔 걸치면 딱인데……."

"아! 얼굴 있는 주꾸미 간판 있는데 이야기하는 거지? 거기 맛있다고 들었어."

간판 있는 곳은 무조건 맛집이라는 소문이 있었다.

공장에서 빠른 걸음으로 10분 정도 걸으면 도착할 수 있는 거리에 있는 곳이었다.

김운영이 장수찬과 함께 주꾸미집으로 향했다.

"어라! 오늘따라 손님들이 많네."

"맛집이라고 소문났다며?"

"그래도 이 정도는 아니었는데?"

주꾸미집 앞에 손님들이 길게 줄을 서고 있었다.

두 사람이 줄 뒤에 붙었다.

"차준후가 와서 그래요."

"네?"

"차준후 대표가 점심을 먹으러 왔다고 하네요. 같은 식당에서 식사하면서 차준후를 보려는 사람들로 붐비는 겁니다."

앞에서 대기하고 있던 사람이 두 사람에게 길게 줄이 선 이유를 설명해 줬다.

김운영과 장수찬이 창문에 바짝 붙어서 안을 바라보니 매장이 그리 크지 않았다. 벽 쪽에 붙은 테이블에서 호리호리한 체격의 사내가 일어서고 있었다.

"저 사람이 차준후요."

"아! 저분이 사장님이시구나."

"정말 멋있으시다. 저분 덕분에 이제부터 맛있는 점심을 먹게 됐어."

계산을 마친 차준후가 실비아 디온, 문상진, 그리고 경호원들과 함께 밖으로 나왔다.
"사장님, 안녕하십니까."
"점심 맛있게 먹겠습니다."
김운영과 장수찬이 차준후에게 냅다 고개를 숙였다.
"아, 제2공장의 직원분들이신가요?"
차준후가 자신을 사장님이라고 부르는 생면부지의 사람들에게 물었다.
"론도 생활 화장품, 아니 스카이 포레스트 제2공장 생활용품 공장에서 일하고 있는 김운영입니다."
"같은 곳에서 일하고 있는 장수찬입니다."
"네, 점심 드시러 오셨나 보군요. 여기 주꾸미 먹어 봤는데, 아주 맛있습니다. 맛있게 점심 드세요."
"신경 써 주셔서 감사합니다, 사장님."
"점심 식권을 제공해 주셔서 정말 감사드립니다."
두 사람이 말할 때마다 감사하다며 고개를 숙여 댔다.
그들의 행동에는 점심 식대뿐만이 아니라 월급의 대폭적인 인상에 대한 고마움도 섞여 있었다.
그러나 인파가 몰려 있는 곳에서 이러니 차준후는 당황스러울 수밖에 없었다.
왜 자꾸 이러는 거니.
길거리에 있는 사람들이 모두 쳐다보고 있잖아.

"제가 살펴보니 제2공장은 많은 이익을 올리고 있습니다. 직원 여러분들이 마땅히 누릴 복지 혜택이라고 생각해서 시행하는 겁니다. 그리고 앞으로도 복지 혜택이 더욱 많아질 수 있도록 노력해 주세요."

차준후는 머쓱한 표정을 지으며 마음속에 있는 말을 꺼냈다. 그는 근로자들이 조금 더 자신이 하는 일에 자부심을 가졌으면 했다.

하루라도 일을 쉬었다가는 가족이 굶을 정도로 빈곤했던 1960년대의 근로자들은 낮은 임금과 열악한 노동 환경 속에서도 불평 한마디 할 수 없었다.

근로기준법을 준수하지 않는 곳이 태반이었지만, 그들은 묵묵히 사장이 시키는 대로 일해야만 했다.

이러한 사정 탓에 근로자들은 스스로를 톱니바퀴에 하나로 여길 뿐, 자신의 일에 자부심을 갖지 못했다.

차준후는 그것이 정말 안타까웠다.

그 또한 회사에 인생을 바치며 충성했다가 희생당했었기에 더더욱 그러했다.

"사장님의 말씀처럼 더 열심히 일하겠습니다."

"몸이 부서져라 일하겠습니다."

말단 근로자에 불과한 자신들을 신경 써 주는 차준후의 모습에 두 사람은 더 열정을 불태웠다. 주꾸미를 맛있게 먹고 돌아가서 오전보다 더 열심히 일하겠다고 다짐했다.

　김운영과 장수찬의 얼굴이 잔뜩 상기되어 있었다.

　다시금 차준후는 난처한 표정을 지었다.

　왜 이리 목소리들이 큰 거니?

　당신들은 부끄럽지도 않은 거야?

　두 사람은 지금 주변 사람들의 시선을 신경 쓰지 않았다. 지금 그들의 눈에는 오직 차준후만 크게 보였다.

"이야! 진짜 멋지다."

"근로자를 생각해 주는 사장님이야."

"역시 인성이 참하다니까."

"진짜 저런 사장 밑에서 일하고 싶다."

"저 사람들은 대체 무슨 복을 타고난 거냐?"

"론도 생활 화장품의 근로자들이야. 이번 인수 합병으로 인해 완전히 계 탔다, 계 탔어."

　주변에서 구경하고 있던 사람들이 차준후와 두 명의 근로자를 보면서 수군거렸다. 폭풍처럼 많은 이야기가 쏟아져 나왔다.

　왜 이렇게 된 거니?

　그냥 밥 먹으러 나왔다가 가볍게 대화를 나눴을 뿐인데…….

　부끄럽고 당황스러운 건 차준후만의 몫이었다.

　차준후는 약간 황당했다.

이럴 때는 그냥 슬그머니 현장에서 이탈하는 게 최고였다. 수습하려고 했다가는 더욱 사태가 커진다는 걸 그간의 경험을 통해 익히 잘 알았다.
"그럼 식사 맛있게 하세요."
차준후가 재빨리 물러났다.
"사장님, 조심히 가십시오."
"사장님, 점심 감사히 먹겠습니다."
목청 높인 두 사람이 차준후에게 깊숙하게 허리 숙여 인사했다.
'그러지 마세요.'
차준후의 발걸음이 빨라졌다.
지나가는 그를 발견한 이들이 전부 한마디씩 던졌다.
"정말, 내가 꿈에 그리던 신랑감 후보다."
"와, 이렇게 보니까 정말 잘생겼다."
젊은 여인들은 차준후에게서 시선을 떼지 못했다.
"뭐? 우리 동네에 차준후가 왔어?"
"아빠, 저 차준후 아저씨 보고 싶어요."
"목말 태워 줄게. 저기서 사람들에게 둘러싸여 걷고 있는 사람이 차준후 아저씨란다."
차준후는 인파에서 벗어나려 했지만, 사람들은 더더욱 몰려들었다. 하교 중이던 꼬마 아이까지 난리였다.
"저 아저씨가 우리나라에서 가장 잘나가는 사람이에

요? 저 아저씨에게 부탁하면 아빠도 회사 다닐 수 있어요?"

해고를 당한 후 오랜 기간 직장을 구하지 못해 우울해하던 아빠를 걱정하는 꼬마였다. 오늘도 엄마에게 언제 일자리를 구할 거냐며 지청구를 먹은 아빠였다.

"크윽! 아빠를 걱정해 주는 건 아들밖에 없구나. 걱정 마라. 이번에는 기필코 취직을 해서 맛있는 걸 사 주마."

아들의 걱정에 아빠는 울컥했다.

그는 요즘 잘나가는 스카이 포레스트에 꼭 취직해서 아들이 원하는 건 다 사 주리라 다짐했다.

아니, 스카이 포레스트가 아니더라도 어디든 취업을 해서 아빠의 역할을 해야 했다고 여겼다.

"남녀노소를 가리지 않고 인기가 좋으시네요. 여자들에게 잘생겼다는 이야기를 들으시고, 부럽습니다."

문상진이 차준후를 바라보며 슬쩍 이야기했다.

"부끄럽습니다."

차준후가 머쓱한 표정을 지었다.

하지만 잘생겼다는 말이 결코 싫지는 않았다.

"저도 결혼 전에는 훤칠하게 생겼다는 말을 자주 들었지요."

차준후가 아무리 봐도 잘생긴 모습과는 거리가 먼 문상진을 흘겨봤다.

"누가 그러던가요?"

"제 부인이요."

"역시."

모든 걸 이해한 차준후가 웃었다.

사랑에 눈이 멀면 사내답게 생긴 얼굴도 잘생기게 보이기 마련이었다.

"무슨 의미인가요?"

왠지 모르게 기분이 불쾌한 문상진이었다.

"좋다는 의미이죠."

좋게 포장을 한 차준후가 쏘아보는 문상진의 시선을 회피한 채 재빨리 걸었다.

사람들이 점점 몰려들었고, 무수히 많은 사람들의 시선이 차준후에게 날아와서 비수처럼 꽂혔다. 도로를 질주하고 있던 운전자들도 무슨 일이 생겼는지 창문을 내리고 살펴볼 정도였다.

"잠시 지나가겠습니다."

"조금만 길을 터 주세요. 부탁드립니다."

건장한 체격의 경호원들이 차준후의 앞길을 열었다.

표주봉이 가장 앞장섰다. 그 뒤를 따라 세 명의 국내 경호원과 네 명의 미국 경호원이 차준후와 일행들을 호위하였다.

제2공장까지는 고작 걸어서 10분 거리였지만, 차준후

는 그 짧은 시간 사이에 무척이나 진을 빼야만 했다. 곁에 있던 문상진도 피곤한 표정이었다.

그러나 어렸을 때부터 체력을 단련해 온 실비아 디온은 쌩쌩한 표정을 유지하고 있었다.

'다음부터는 주차장이 있는 식당만 가야겠다.'

차준후는 이제 차를 타고 식당을 오가야 한다는 사실을 뼈저리게 느꼈다.

아무 걱정 없이 홀로 길거리를 걸어 다닐 수 있는 시간은 영영 사라졌다.

만약 경호원들이 없었다면 사람들에게 둘러싸여서 움직이지도 못했을 것이었다. 한국인들이 가장 사랑하고 좋아하는 기업가인 차준후의 위상을 단적으로 보여 주는 사태였다.

* * *

"여기는 치약과 비누 등을 만드는 생산 현장입니다."

공장장이 차준후를 극진하게 안내하면서 실내로 들어섰다.

치약과 비누는 제2공장에서 가장 많이 생산하는 품목들에 속했다. 전국적으로 많이 팔려 나가고 있는 생산 현장이었기에 직원들의 숫자가 상당했다.

"지금은 청소를 위해 생산 라인을 잠시 멈춰 놓은 상태입니다."

공장장이 살짝 눈살을 찌푸렸다.

오전 중에 청소를 모두 끝내 놓으라고 했는데, 아직까지도 직원들이 청소를 하고 있었다. 먼지가 마구 날리고 있어서 차준후를 보기가 무척이나 민망스러웠다.

실내 한쪽에는 만들던 치약 용기와 비누 제품들이 쌓여 있었고, 다른 한쪽에는 치워야 할 쓰레기들이 잔뜩 쌓여 있었다.

"여기는 청소를 하고 있어서 지저분하니 다른 곳을 둘러보시죠."

"아닙니다. 제2공장 생산 라인 중 가장 중요한 곳인데 청소한다고 건너뛸 수는 없죠."

차준후는 챙겨 주는 공장장의 마음을 사양했다.

더러워져 가면서 일하고 있는 직원들을 무시하는 것처럼 보일 수도 있었고, 위생적인 실내 환경은 무엇보다 중요했다.

깨끗하고 위생적인 현장은 우선적으로 직원들을 위한 일이었고, 이곳에서 생산될 물건을 사용하는 소비자를 위한 길이었다.

"차준후 사장님이 오셨어."

"아! 너무 지저분해서 사장님께 미안하네. 더 빨리 청소를 끝내 놓았어야 했는데 아쉽다."

근로자들이 크게 아쉬워했다.

그런데 차준후가 떠나가지 않고 먼지가 마구 날아다니는 실내로 성큼성큼 걸어 들어왔다.

고개를 숙인 채 연신 빗자루로 바닥을 쓸고 있던 김운영이 갑자기 옆구리에 통증을 느꼈다.

"왜?"

옆을 바라보니 장수찬이 바짝 얼어붙어 있었다.

장수찬이 턱짓으로 앞을 바라보라고 이야기했다.

좋은 양복을 입은 누군가가 그들의 앞에 서 있었다. 그런데 그 양복이 점심 때 본 양복과 아주 똑같았다.

고개를 돌려서 바라보니 바로 앞에 점심 때 보았던 차준후가 보였다.

"여기서 다시 보네요, 두 분! 주꾸미는 맛있게 드셨나요?"

"정말 맛있게 먹었습니다."

"마지막에 밥을 볶아 먹었는데 정말 꿀맛이었습니다. 둘이 먹다 하나가 죽어도 모를 맛이더라고요."

"청소를 정말 열심히 하시네요."

"사장님에게 보답하기 위해서 조금이라도 더 생산 현장을 깨끗하게 만들어야겠다고 생각했습니다. 제가 할 수 있는 일이 이 정도밖에 없어서……."

"스스로를 비하하는 그런 말은 하지 마세요. 김운영 사원이 하는 일은 결코 가볍지 않습니다."
"제 이름을 기억해 주고 계셨군요."
김운영이 몸을 부르르 떨었다.
지나가는 말로 소개했을 뿐인데, 차준후가 일개 직원인 자신의 이름을 기억해 주고 있었다. 김운영에게 결코 잊을 수 없는 순간이었다.
"제가 기억력이 나쁘지 않습니다."
차준후가 어깨를 으쓱거렸다.
주위의 직원들이 모두 차준후를 쳐다보고 있었다.

레이아웃

"제2공장의 직원분들이 모두 목욕탕에 갈 수 있게 처리해 주세요. 너무 열심히 청소를 하고 계셔서 지저분하게 집으로 돌려보낼 수가 없네요. 아! 이번 목욕은 업무의 일환이니까 직원들이 한 시간 일찍 퇴근할 수 있게 조치하시고요."

차준후는 몸을 아끼지 않고 열심히 일해 준 직원들에게 감명을 받았다.

몰랐으면 모르되, 알게 된 이상 그냥 넘어갈 수는 없었다.

이렇게까지 해야 하나 싶을 수도 있었지만, 실비아 디온은 차준후의 지시를 가타부타 따지지 않고 따랐다.

그렇게 명절도 아닌데 제2공장 주변의 목욕탕들이 대목을 맞게 되었다. 차준후가 내세우는 복지로 인해 이런 대목은 정기적으로 찾아오게 될 것이었다.

"아, 공장장님. 이어서 생산 공정에 대해 설명을 부탁드리겠습니다."

차준후는 제2공장의 생산 공정을 면밀히 파악할 계획이었다. 어떻게 작동하고 운영되는지를 알아야 개선할 점을 이야기할 수 있기 때문이었다.

"이쪽으로 오시죠. 저기가 원료를 투입하고 배합하는 장소입니다. 배합물이 이쪽 관을 타고 움직이면, 그때부터 직원들의 작업이 본격적으로 이뤄집니다."

공장장이 차준후를 안내했다.

차준후가 공장장의 설명을 귀담아들었다.

그는 공장장의 설명을 빠짐없이 기억하며 자신이 알고 있는 지식을 활용할 수 있는 부분이 없을지 고민했다.

"이야, 앞으로 주기적으로 목욕탕을 공짜로 갈 수 있다는 거지?"

"스카이 포레스트에 대한 소문이 부풀려진 거 아닌가 했는데 정말이었어."

"그러게. 진짜 직원들을 살뜰히 챙겨 주신다."

"진짜 훌륭하신 분이야."

공장장을 따라 움직이는 차준후를 본 직원들이 수군거렸다.

그런 직원들의 눈길이 김운영에게 향했다.

"아, 그런데 사장님이 어떻게 사이인 거야?"
"차준후 대표님의 눈에 들었으니 넌 앞으로 잘나갈 일만 남았다."
김운영을 둘러싼 직원들이 마구 말을 쏟아 냈다.
"그게 아니야. 점심때 식당 앞에서 본 게 다라고."
"에이! 설마. 우리한테도 감추려고 하는 거야?"
"제대로 말해 봐. 우리도 네 덕 좀 보자."
"할매 주꾸미 식당 앞에서 수찬이도 함께 봤어."
"진짜?"
"맞아. 운영이랑 밥 먹으러 갔다가 거기서 사장님을 만났어. 그때 이름을 말씀드리긴 했는데, 그걸 기억하실 줄은 몰랐네."
치약과 비누의 생산 현장이 차준후와 관련된 일로 시끄러웠다.
"자, 청소하자! 한 시간 일찍 퇴근인데 열심히 청소해야지."
김운영이 상기된 표정으로 이야기했다.
"맞아. 대표님의 믿음을 배신하지 말자. 떠들고 있을 시간 없다고."
"일하자."
직원들이 다시금 열심히 청소하기 시작했다.

차준후가 다양한 복지를 시행한 이후, 제2공장의 생산량은 기존보다 무려 18%나 늘어났고, 매출 또한 24%나 성장했다.

 다양한 복지들이 근무 환경을 크게 개선해 주며 직원들의 사기가 크게 올라 업무 효율이 향상된 덕분이었다.

 차준후의 배려에 크게 감명을 받은 직원들의 열정이 해낸 업적이라고 할 수 있었다.

 론도그룹은 매출 1%를 끌어올리기 위해서 사장과 임원이 모두 나서서 직원들을 쥐어짰음에도 쉽게 이뤄 내지 못했었다.

 그런데 차준후는 반대로 직원들에게 베풂으로써 매출 18% 상승이라는 업적을 간단히 이루어 낸 것이었다.

* * *

 덴마크에서 날아온 707-320 제트 여객기가 대한민국 영공으로 들어서고 있었다.

 덴마크 정부가 민간 항공사에 전세로 빌려 보낸 여객기였다.

 비행기 안의 일등석에는 차준후와 친밀한 제임스 보위가 자리했고, 그 옆에는 금발에 푸른 눈을 한 젊은 사내가 앉아 있었다.

그는 오덴세 조선소에서 임원으로 일하고 있는 바이든이었다.

두 사람은 이번 대한민국 방문에서 중요한 임무를 맡고 있었다.

"바이든."

"네."

"이번 일은 정말 중요합니다."

"너무 많이 들어서 귀가 아플 정도네요."

바이든이 입매를 비틀며 웃었다.

바이든은 젊은 나이에 덴마크를 대표하는 오덴세 조선소의 임원으로 올라섰을 만큼이 능력이 넘치는 인물이었다. 특히 그는 레이아웃 설계에서 천부적인 재능을 보였다.

"절대 가볍게 생각하면 안 됩니다. 10억 달러 이상이 걸려 있는 사업이라고 생각하셔야 합니다."

제임스 보위가 다시 한번 당부했다.

덴마크는 정부 차원에서 이번 조선소 사업에 도움을 주기로 작정했다. 스카이 포레스트의 유럽 지사 유치를 위한 일련의 작업이었다.

"알고 있어요."

사실 말과는 달리 대수롭지 않게 생각하는 바이든이었다.

10억 달러?

엄청난 경제적 효과임은 분명했다.

그러나 그것이 하루아침에 10억 달러의 효과를 낼 수 있다는 것은 아닐 터.

바이든은 고작 화장품 회사로 어느 세월에 10억 달러의 경제적 효과를 내겠다는 것인지 이해하기 어려웠다.

대형 선박 한 척을 만들기 위해 매번 엄청난 규모의 돈이 오가는 오덴세 조선소에서 일하고 있는 바이든이었기에 더더욱 가소롭게 여겨질 수밖에 없었다.

제임스 보위가 틈날 때마다 차준후와 스카이 포레스트의 중요성에 대해 설명했지만 와닿지 않는 건 마찬가지였다.

천재?

덴마크의 발전을 위해 꼭 필요한 인재라고?

조선업 외에는 딱히 관심이 없던 바이든은 덴마크에 무슨 놈의 화장품 회사가 필요하다는 건지 이해할 수 없었다.

그러나 덴마크 정부는 오덴세 조선소에 대한 지분을 30% 가지고 있었다.

덴마크 정부는 차준후의 요구를 들어주기 위해 오덴세 조선소를 압박했고, 결국 오덴세 조선소는 마지못해 바이든을 대한민국으로 보내야만 했다.

제임스 보위는 여전히 작금의 상황을 납득하지 못하는 바이든을 보며 쓴웃음을 흘렸다.

"직접 만나 보면 이해하게 될 겁니다."

"쯧. 어째서 부탁을 들어주는 사람이 움직여야 하는 건지 모르겠단 말이죠."

바이든은 이 점이 특히 불만이었다.

최빈국인 대한민국에 조선소 레이아웃을 해 주러 덴마크를 대표하는 오덴세 조선소에서도 천재로 인정받는 자신이 직접 날아와야 할 이유가 도대체 뭐란 말인가?

부탁을 하는 사람이 직접 찾아와서 간곡히 부탁을 해도 들어줄까 말까인데, 반대의 상황이 벌어지고 있었다.

세계 경제가 활황기에 접어들면서 세계 물동량이 늘어나며 유럽의 조선소들은 철저히 갑의 위치에 자리했다.

그들은 주문자보다 생산자 위주로 기획·설계·제작·납품을 했다.

주문자가 선박의 빠른 납기를 원한다고 아우성쳐도 소용없었다. 강력한 노조를 설립한 조선소 노조원들은 주문자의 요구를 들은 척도 하지 않았다.

그랬으니 오덴세 조선소의 임원인 바이든이 대한민국까지 날아가는 것은 정말 이례적인 일이었다. 이 분야에 몸을 담고 있는 다른 누군가가 이 이야기를 듣는다면 분명 믿지 못할 터였다.

"스카이 포레스트는 일 년도 안 돼서 놀라운 위치까지 올라선 회사입니다. 앞으로 어디까지 뻗어 나갈지 예상하기도 어렵지요."

제임스 보위는 차준후가 스카이 포레스트를 어디까지 끌고 갈지 무척이나 궁금했다. 세계적으로 살펴봐도 이처럼 단시간 내에 눈부시게 성장한 기업은 찾기가 어려웠다.

"화장품에서는 그럴 수도 있겠죠. 하지만 조선소는 한순간에 올라설 수 있는 사업이 아닙니다."

바이든이 스카이 포레스트를 폄하했다.

어느 업종이든 혁신적인 제품을 개발하여 놀라운 성장을 이뤄 내는 경우는 종종 있었다.

그러나 그러한 기업들은 제품 하나하나에 대한 의존도가 지나치게 높았고, 시간의 흐름에 금방 잊히곤 했다.

스카이 포레스트는 그런 기업들 가운데서도 독보적인 성장을 하긴 했지만, 그 궤에서 크게 벗어나지 않았다.

하지만 조선업은 달랐다.

세대를 거듭하여 쌓아 올린 기술이 기업의 가치가 되는 산업으로, 오랜 역사로 만들어진 기술을 후발 주자들이 쉽사리 따라올 수 있을 리가 없었다.

심지어 굴뚝산업은 다양한 기간산업이 존재하지 않고서는 성립할 수 없는 사업이었다.

이른바 산업 생태계가 필요했다.

그런데 기간산업조차 제대로 발달되어 있지 않은 대한민국에서 무슨 놈의 조선소란 말인가?

코웃음이 날 수밖에 없는 일이었다.

"그렇기는 합니다. 저도 그렇게 생각하고 있고요. 하지만 차준후라면 틀림없이 어려움을 헤쳐 나갈 방법을 알고 있을 겁니다."

제임스 보위는 차준후에 대한 굳건한 믿음을 내비쳤다.

"그랬으면 좋겠네요. 그래야만 이 먼 나라까지 고생해서 온 보람이 있을 테니까요."

정말 자신이 이곳까지 직접 올 만한 가치가 있는 일인지 알 수가 없기에 탐탁지 않을 뿐이지, 정말 제임스 보위의 말처럼 차준후가 진정한 천재라면 발 벗고 도와줄 생각이었다.

바이든은 무엇이 이득인지 분간조차 하지 못할 만큼 멍청이가 결코 아니었다.

차준후와 스카이 포레스트가 오덴세 조선소에 도움이 될 것이라 판단된다면 돕지 않을 이유가 없었다.

다만 직접 만나 봐도 별 볼 일 없는 사람으로 판단된다면, 정부가 뭐라고 하든 돕지 않을 것이었다.

"바이든."

"네."

"저도 처음에는 당신처럼 생각했어요. 차준후 대표를 그저 남들보다 좀 더 유능할 뿐인 사람이라 여겼죠."

"뭐라고요?"

"지금 미국에서는 스카이 포레스트의 화장품이 불티나게 팔려 나가고 있습니다. 차준후 대표가 화장품을 어떻게 미국에 팔았는지 아시나요?"

"……모릅니다."

바이든은 차준후와 스카이 포레스트에 관심이 없었다. 그렇기에 따로 알아보지도 않았다.

"화장품을 팔기 위해 미니스커트 광고를 찍어서 대대적으로 선전했어요."

"요즘 유행하는 미니스커트요?"

바이든의 눈동자가 커졌다.

최근 그의 애인도 미니스커트를 즐겨 입고 있었다.

미국에서 대유행을 하고 있는 미니스커트는 바다를 넘어 유럽에서도 유행이 물결처럼 번져 나갔다.

미니스커트를 입어 매끈한 다리를 드러내 각선미를 뽐내는 애인의 모습은 무척이나 아름다웠다.

자신, 아니 세상 모든 남자의 마음을 뒤흔들었던 미니스커트를 유행시킨 것이 차준후의 작품이었다니…….

"……대중들이 원하는 것이 무엇인지 정확히 볼 줄 아

는 사람이라는 거군요."

"정확히는 시장의 판도를 읽을 줄 아는 사람입니다. 무슨 일을 하더라도 큰 계획이 있는 사람이고, 허투루 움직이는 법이 없죠."

제임스 보위는 자신이 생각해도 믿을 수 없는 이야기라는 듯 고개를 절레절레 흔들곤 말을 이었다.

"다른 일례로 차준후 대표가 일전에 낙농업 일로 덴마크에 방문한 적이 있었습니다. 그런데 알고 보니 그게 화장품 산업과도 연관이 있는 일이었더군요."

"낙농업이 화장품 산업과 무슨 연관이 있다는 겁니까?"

"제가 드렸던 서류에 다 적혀 있는 내용들이에요. 읽어 보지도 않았군요."

"……제가 할 일이 많아서 미처 못 봤습니다."

바이든이 날카로운 제임스 보위의 시선을 피했다.

아예 거짓말은 아니었다.

요즘 유럽의 조선소들은 대형 선박의 건조 유치를 위한 치열한 수주 경쟁을 펼치고 있었다. 오덴세 조선소도 경쟁에 참여하고 있었고, 기존의 도크만으로는 부족해서 새로운 도크를 만들려 하고 있었다.

레이아웃 설계도를 만드는 데 있어 중심적인 인물이 바로 바이든이었다.

"SF-NO.1 밀크에 들어가는 주성분이 바로 우유입니다. 그래서 우리 덴마크까지 날아온 겁니다. 화장품을 만들기 위해서 대한민국에 낙농업을 일으킨 거지요."

"허허허!"

바이든이 허탈한 웃음을 흘렸다.

경시하고 있던 차준후란 인물에 대한 생각이 바뀌어 버렸다.

이건 거의 미친 수준이 아닌가.

화장품을 만들기 위해 낙농업까지 시작하다니.

평범한 이들은 결코 할 수 없는 발상이었다.

"조선업은 왜 시작하려는 거랍니까? 조선업은 조선소만 세운다고 해서 진행할 수 있는 사업이 아닙니다."

배를 설계하고 건조할 수 있는 환경과 기술을 갖추고 있다고 해도, 정작 그 배를 팔 곳이 없다면 의미가 없었다.

즉, 선박을 만들어 달라고 주문하는 선주가 있어야만 한다. 선박 주문이 없으면 조선소는 그냥 폐건물이나 다를 바 없었다.

엄청난 수의 인력이 필요한 조선소는 그 유지 비용만 하더라도 상당한데, 선박 수주를 못하게 되면 고스란히 그 비용을 날려 먹으며 큰 적자를 기록하게 된다.

자리를 잡고 성공한다면 큰 이익을 누리게 되지만, 그

렇지 못한다면 엄청난 적자를 떠안아야 하는 사업이 바로 조선업이었다.

바이든은 차준후가 왜 그런 위험을 감수하고서라도 조선소를 세우려고 하는 것인지 궁금했다.

"갈치를 잡는다고 하더라고요. 갈치에 매니큐어를 만드는 성분이 있다고 들었어요. 그런데 배가 부족해서 갈치를 많이 잡을 수 없다고 합니다. 그래서 조선소를 만들어서 대량으로 갈치잡이 배를 만든답니다."

"하하하하!"

바이든이 실성한 듯이 웃었다.

현대적 조선소를 만드는 데 대단한 이유가 있다고 생각했는데, 겨우 갈치 때문이었어?

이게 무슨 웃기는 상황이야?

말이 안 되어서 웃겼다.

참으로 황당한 이유였다.

"말도 안 됩니다. 갈치잡이 어선을 만들려는 것뿐이라면 구태여 현대적 조선소를 만들지 않아도 충분하잖아요."

바이든이 목소리를 높였다.

그냥 전통 방식으로 목선을 만들어도 충분히 갈치를 잡을 수 있었다.

"그러니까 말입니다. 지금까지 차준후 대표가 보여 준

행보를 볼 때, 현대적 조선소를 만들려고 하는 이유가 따로 있다고 판단하고 있습니다."

제임스 보위의 개인적인 판단이 아니었다.

덴마크 경제 연구소에서는 이번 차준후의 행보에 치밀한 계획이 깔려 있다고 결론지었다.

그도 그럴 것이, 차준후의 행동은 항상 시작은 황당하게 느껴졌지만 매번 놀라운 결과를 만들어 냈다.

더 놀라운 건 그 결과들이 전혀 생각지도 못한 곳에서 서로 연결되어 시너지를 만들어 내고 있다는 점이었다.

차준후가 벌인 사업들은 유기적으로 연계되어 커다란 시너지 효과를 일으키고, 더욱 큰 성과를 일으켰다.

"이번에는 도대체 무슨 생각인 걸까요?"

"그걸 알기 위해 직접 대한민국으로 가자고 제안드린 겁니다. 차준후 대표는 사업이 문제없이 시작된 후에는 대부분 직원들에게 일임하지만, 시작 전에는 반드시 직접 나서서 움직입니다. 이번에 함께 협업을 진행하다 보면 진짜 그의 의중이 무엇인지 알 수 있게 될지도 모르죠."

차준후는 전생에 연구원으로 살아가며 쌓아 올린 전문 지식 이외의 일들은 대략적인 것들만 기억하고 있었다. 정확하게 기억하지 못하는 부분들은 이 시대의 전문가들에게 조언을 구할 수밖에 없었다.

부족한 부분이 많았기에 발에 땀이 나도록 움직여야만 했던 것이다.

그런데 그 사실을 알지 못하는 다른 이들의 눈에는 그러한 차준후의 모습이 성실함까지 갖춘 것처럼 비추어졌다. 차준후의 부족함이 도리어 장점으로 보인 것이었다.

천재인데 성실하기까지 하다?

차준후의 성공 가능성은 더욱 높게 점쳐질 수밖에 없었다.

실제로 차준후가 시도한 사업들이 하나같이 엄청난 성공을 이루어 내며 점차 많은 기업이 그를 높게 평가하기 시작했고, 심지어 국가 차원에서도 차준후를 주목했다.

이제는 차준후가 자문을 하기 위해 찾아가는 것이 아니라, 그를 원하는 기업들이 알아서 찾아와 자신들을 설명하는 상황까지 이르렀다.

차준후만의 창조경제, 또는 막대한 이득이 넘실거리는 차준후 사업의 순환경제라고 해야 할까?

어쨌든 그렇게 차준후와 함께 사업을 하고 싶어 하는 기업, 국가들은 계속해서 늘어났다.

그 최전선에 선 국가가 바로 덴마크였다.

"절대로 차준후 대표에게 무례한 태도를 취하시면 안 됩니다."

제임스 보위가 강렬하게 요구했다.

"알겠습니다."

"그리고 제가 준 서류를 김포공항에 도착하기 전까지 모두 읽어 보세요."

"그러죠."

바이든이 한쪽에 처박아 뒀던 두툼한 서류를 꺼내어 읽기 시작했다. 그의 푸른 눈동자가 서류의 내용들을 빠르게 살폈다.

오덴세 조선소의 레이아웃에 대한 이야기가 가장 전면에 위치해 있었다. 그리고 그 뒷부분으로 차준후와 스카이 포레스트에 대한 이야기들이 빼곡하게 적혀 있었다.

'들었던 것보다 더 대단한 인물이잖아.'

바이든은 놀랄 수밖에 없었다.

그는 염세주의적인 성격 때문에 좀처럼 사람들을 인정하지 않는 편이었다. 박하게 평가하는 습관으로 인해 주변 사람들에게 안 좋은 소리를 듣고는 했다.

그런 바이든이지만 이번에는 깎으려고 해도 깎아내릴 구석을 찾지 못했다.

'당신은 대체 어떤 해결책을 가지고 있는 거요?'

바이든이 차준후에게 기대감을 가지게 됐다.

만약 진짜로 그에게 특별한 계획이 있는 것이라면, 덴마크와 오덴세 조선소의 도움이 될 것이라 판단된다면 적극적으로 도움을 주어야만 했다.

그리고 그러기 위해서는 미리 준비가 필요했다.

"차준후 대표를 만나기 전에 시간이 있지요?"
"약속을 잡아야 하니 시간은 있습니다."
"거제도에 갔다가 와야겠습니다."
"갑자기요?"
"레이아웃을 제대로 뽑으려면 현장을 살펴봐야 합니다. 현지 기후와 지질, 지형 등에 대해서 알지 못하면 제대로 된 레이아웃을 뽑을 수 없습니다."

조선소의 레이아웃은 규모나 지형 등의 조건에 따라 천차만별로 바뀐다.

바이든은 완벽한 레이아웃을 위해 최우선적으로 거제도를 방문하기로 결정했다.

"제대로 해 볼 마음이 생겼군요. 김포공항에 내리자마자 거제도로 갑시다."

제임스 보위가 바이든의 제안을 흔쾌히 받아들였다.

시큰둥해서 걱정이었는데, 이제 바이든도 차준후의 대단함을 알게 된 것이었다.

그때였다.

「승객 여러분, 저희 비행기는 잠시 후 김포공항에 착륙 예정입니다. 좌석벨트를 매어 주시고, 좌석 등받이와 테이블을 원위치로 해 주시기 바랍니다.」

기장의 안내 멘트가 기내에 울렸다.

이내 유니폼을 입은 승무원들이 돌아다니면서 승객들과 좌석의 상태를 확인하였다.

덴마크에서 날아온 707 제트 여객기가 김포공항으로 착륙하기 위해 서서히 고도를 내리기 시작했다.

비행기가 김포공항에 착륙했다.

서울에서 일을 처리해야 하는 사람들이 내린 뒤에, 제임스 보위가 승무원에게 부탁했다.

"기장님에게 전해 주세요. 김해 군용 비행장으로 가야겠습니다."

김해 군용 비행장에서 멀지 않은 곳에 거제도가 위치해 있다.

제임스 보위는 대한민국으로 날아오기 전 이미 거제도 방문 계획을 세워 뒀었다. 그래서 일찌감치 미군과 대한민국 공군이 군용 비행장으로 운영하고 있는 김해 군용 비행장의 이용 협조를 요청해 뒀다.

다행히 바이든을 설득해서 준비해 뒀던 계획을 사용할 수 있게 됐다.

"네."

승무원이 기장에게 제임스 보위의 이야기를 전하기 위해 움직였다.

"확실히 전세기가 있으니까 편하네요. 제트 여객기를

택시처럼 이용할 수 있을 줄은 몰랐습니다."

"차준후 대표를 편안하게 덴마크로 모셔 가기 위해 빌린 제트 여객기입니다. 저희가 차준후 대표의 덕을 보고 있는 것이죠."

바이든이 혀를 내둘렀다.

덴마크 정부가 한 사람을 위해서 전세기까지 동원해서 모신다고?

그의 마음에 차준후란 인물에 대한 호기심이 무럭무럭 자라났다.

김포공항에 내렸던 707-320 제트 여객기가 다시금 활주로 위를 내달렸다.

* * *

제기동 제2공장을 인수하는 과정에서 스카이 포레스트는 기존 직원들의 고용을 모두 승계하지 않았다.

직원들을 쥐어짜는 데 앞장선 일부 임원들과 여직원들에게 손을 대는 등 평가가 극히 좋지 않은 작업반장들은 해고를 당했다.

해고를 당한 직원들이 크게 반발했다.

'직원들을 그렇게 아낀다던 차준후 대표인데, 이거 무슨 착오가 있는 거 아니냐?'

'해고를 철회하라.'

'우리는 위에서 시키는 대로 일을 열심히 한 죄밖에 없다.'

'차준후 대표를 만나게 해 주세요. 억울함을 풀어야겠어요.'

그러나 그들이 아무리 외친들 해고가 철회되는 일은 없었다.

이 당시에는 해고에 대한 법적 규제가 미흡하여 경영상의 필요라는 이유로 기업이 근로자를 자유롭게 해고하는 게 가능했다.

1960년대 후반에 이르러 대기업의 노동자들이 노동조합을 결성하여 시위를 벌이기 시작하면서야 조금씩이나마 부당 해고가 사라져 갔고, 노동자들의 권리와 보호에 대한 인식이 높아졌다.

씁쓸한 이야기였지만, 한편으로는 이런 시대였기에 일 처리가 간단한 부분도 있었다.

그렇게 이번 해고를 접한 제2공장의 직원들은 처음엔 놀란 눈치였지만, 이내 그들의 해고를 크게 반겼다.

해고당한 사람들이 하나같이 제2공장의 암적인 존재였기 때문이었다.

작업 환경이 좋아진 제2공장의 분위기는 봄날의 화창한 날씨처럼 따뜻하고 좋았다.

스카이 포레스트는 제2공장의 인수로 인해 유통 취약 지역이 대거 사라지면서 전국에 탄탄한 유통망을 확보하게 됐다.

사업의 규모가 커지면서 차준후가 처리해야 할 일들이 늘어났다. 최대한 아랫사람들에게 떠넘긴다고 해도 만나야 할 사람들이 많아졌다.

덴마크에서 날아온 사람들 문제만 해도 그런 경우였다.

따르르릉! 따르르릉!

"여보세요. 차준후입니다."

차준후가 제2공장에 관련된 서류를 보고 있는 걸 멈추고 전화를 받았다.

- 잘 지내셨습니까, 제임스 보위입니다.

"생각해 주신 덕분에 잘 지내고 있습니다. 한국에 오셨군요."

- 대표님이 말씀하신 조선소 제안을 의논하기 위해 방한했습니다.

"잘 오셨습니다. 제가 대현그룹과 연결해 드리겠습니다."

차준후는 조선소 사업을 대현그룹의 정주영에게 모두 일임할 생각이었다. 자신이 잘 알지 못하는 조선소 사업에 깊숙하게 발을 내딛는 것은 무척이나 귀찮고 번거롭다고 느꼈기 때문이었다.

그러나 그건 차준후의 일방적인 생각일 뿐이었다. 덴마크가 믿고 있는 사업가는 어디까지나 차준후였으니까.

애당초 덴마크는 차준후를 제외한 조선소 사업은 생각지도 않았다.

- 대현그룹까지 함께해서 대표님과 의논할 자리를 마련해야겠군요.

"네?"

갑작스러운 이야기에 차준후가 되물었다.

- 레이아웃 시간을 단축시키기 위한 전문가까지 함께 왔습니다. 거제도를 방문하고 왔는데, 시간 단축에 대한 문제를 대표님과 직접 이야기하고 싶다고 합니다.

"네. 그것이……."

확실히 좋은 일이었다.

차준후가 시간 단축을 원하고 있는 것도 맞았다.

하지만 그 번거롭고 귀찮은 건 대현그룹과 덴마크의 오덴세 조선소가 처리했으면 하는 것이 진짜 속마음이었다.

- 레이아웃 최고의 전문가인 바이든이 대표님과 직접 이야기를 나누고 싶어 합니다. 언제 대화가 가능하십니까?

제임스 보위가 대화를 이미 기정사실화했다.

친밀하게 지내는 사람이 덴마크에서 대한민국까지 날

아오는 정성을 보여 줬는데, 매정하게 대현그룹과 대화하라고 잘라서 말하기에도 어려웠다.

자신을 찾아온 손님인 것이다.

"대현그룹 사람들과 이야기를 해 보겠습니다. 지금 있는 곳이 어디입니까?"

차준후가 결국 제임스 보위와 바이든을 만나기로 마음먹었다.

어쩌겠는가!

모두 차준후가 벌인 일의 여파인 것을 말이다.

산 위에서 굴린 눈덩이가 아래로 내려가면서 점점 커지듯이 1961년에 조선소를 만드는 과정에서 국내에 지각변동을 일어나려 하고 있었다.

그저 어선을 만들고 싶었을 뿐인데…….

물론 그 과정에서 대한민국의 발전과 경제에 도움이 되었으면 하는 바람도 있었다.

역사를 10년 이상 앞서나간 차준후의 개인적인 바람으로 사태가 커져 버렸다.

- 대사관에 있습니다.

"제가 대현그룹에 이야기를 전달한 뒤에 다시 연락을 드리겠습니다."

- 기다리고 있겠습니다.

전화를 끊은 차준후가 전화교환원에게 대현그룹 회장

실을 부탁했다.

　곧바로 전화가 연결됐다.

　- 여보시오.

"차준후입니다."

　- 요즘 자주 연락하니 좋소이다. 무슨 일이시오?

　정영주가 차준후의 전화를 반겼다.

"덴마크에서 레이아웃 전문가가 왔는데, 조선소 사업에 대해 의논을 하자고 합니다. 언제 시간이 되십니까?"

　- 지금 당장이라도 되외다. 유럽인이 번갯불에 콩 볶아 먹을 정도로 빠르게 움직이다니, 정말 놀랄 일이오. 느긋한 유럽인들을 빨리 움직이게 만들다니 차준후 대표는 정말 대단하오.

"내일 오전 10시에 저희 회사의 중역회의실에서 보시는 걸로 하시죠?"

　- 좋소이다.

"그럼 내일 뵙겠습니다."

　- 수고하시오.

　차준후가 정영주와 용건만 간단히 주고받고는 통화를 마쳤다.

엘리베이터가 열리고 금발의 서양인들이 모습을 드러냈다. 제임스 보위와 바이든 일행이었다.

"반갑습니다."

차준후가 직접 제임스 보위를 반겼다.

덴마크에서 멀리 한국까지 날아온 사람을 직접 엘베 앞까지 나와서 마중하였다.

덴마크에서 이곳 한국까지 먼 거리를 자신들을 위해 날아와 준 이들이었기에 이 정도는 하는 것이 예의라고 생각한 것이었다.

"환영해 줘서 고맙습니다."

제임스 보위가 잔잔하게 웃으며 손을 내밀었다.

항상 볼 때마다 친근하게 맞아 주는 차준후의 모습이 너무나도 좋았다. 정감 어린 목소리를 들을 때마다 차준후에 대한 호감이 쌓여 나갔다.

차준후가 제임스 보위와 악수를 나눴다.

'이 사람이 차준후?'

바이든이 차준후를 뚫어져라 바라보았다.

제임스의 설명만 들었을 때는 세기의 천재라고 하니, 분명 다른 평범한 이들과는 분위기부터 다를 것이라고 예상했었다.

그런데 막상 직접 보니 동양인이라는 점을 제외하면 평소 덴마크의 어느 길거리에서도 흔히 볼 수 있을 법한 평

LNG 운반선

범한 인상이지 않은가?

 하지만 제임스가 공유해 준 서류에 따르면 범상치 않은 인물임은 분명했다. 바이든은 겉모습만으로 차준후를 섣불리 재단하려 하지 않았다.

 "바이든! 이분이 스카이 포레스트의 차준후 대표님입니다."

 "반갑습니다. 오덴세 조선소의 레이아웃 전문가 바이든입니다."

 바이든이 차준후에게 자신감 넘치는 태도로 인사했다.

 "차준후입니다. 잘 부탁해요. 자, 들어가시죠. 대현그룹 정영주 회장님은 이미 도착해서 안에서 기다리고 계십니다."

"그래요? 저희도 약속 시간보다 일찍 도착했는데, 정말 빠르시군요."

"그분이 원래 빨리빨리 움직이는 성격입니다."

차준후가 제임스 보위와 바이든 일행을 회의실로 안내했다.

중역회의실은 생각보다 넓지 않았다. 스카이 포레스트의 중역들이 많지 않다 보니 회의실이 넓을 필요가 없었다.

"일찍들 오셨소. 대현그룹의 정영주이외다. 오늘 잘 부탁드리겠소."

정영주가 회의실로 들어서는 사람들에게 일찌감치 자신을 소개했다.

마호가니 원형 테이블의 한쪽에는 대현그룹에서 나온 사람들이 포진해 있었다. 그리고 다른 한쪽에는 실비아 디온과 문상진이 자리해 있었다.

"반갑습니다. 제임스 보위입니다."

제임스 보위가 웃으며 정영주와 소개를 주고받았다.

대현그룹?

사실 이번 조선소 사업 이야기 전에는 들어 본 적도 없는 기업이었다. 대한민국에서 잘나간다고 하지만, 세계적으로 봤을 때는 인지도가 없다고 해도 결코 과언이 아니었다.

솔직히 덴마크에서는 대현그룹이 스카이 포레스트와 함께 조선소 사업을 한다고 하기에 이렇게 자리도 함께하는 것이지, 그렇지 않았다면 만날 생각조차 하지 않았을 것이었다.

스카이 포레스트, 대현그룹, 덴마크의 사람들이 인사를 주고받았다.

"대표님, 이제 회의를 시작할까요?"

실비아 디온이 차준후에게 물었다.

이번 회의의 중심이 누구인지 명확하게 사람들에게 알려 주는 질문이기도 했다.

"그러죠."

차준후가 고개를 끄덕였다.

고개를 돌려 살펴보니 다른 사람들도 빨리 회의를 진행했으면 하는 기색이 보였다.

"안녕하십니까. 스카이 포레스트의 비서실장 실비아 디온입니다. 지금부터 거제도 조선소 설립에 대한 회의를 시작하겠습니다."

정장을 차려입은 실비아 디온이 영어로 회의의 시작을 알렸다.

금발을 찰랑거리며 말을 이어 나가는 그녀의 모습은 이지적인 매력을 뽐냈다. 쟁쟁한 사람들 앞에서도 조금의 떨림 없이 정확한 발음으로 차분하게 회의를 진행하는 모습이 무척이나 인상적이었다.

'정말 잘 뽑았어.'

차준후가 실비아 디온을 바라보면서 흐뭇하게 웃었다.

실비아 디온 덕분에 일이 무척이나 편했다.

실비아 디온은 차준후가 처리해야 할 업무의 상당 부분을 대신 처리해 주고 있었다. 심지어 항상 조금의 잡음도 없이 아주 깔끔하게 업무를 해결했다.

그녀는 한 회사를 책임지고 순탄하게 경영할 수 있는 능력이 있음을 여실히 보여 주었다.

언젠가는 자신의 사업을 하기 위해 떠나는 날이 오게 될지도 모르기에, 차준후는 그 전까지 최대한 실비아 디온의 능력을 이용할 생각이었다.

"조선소를 설립하는 데 있어 가장 먼저 레이아웃에 대한 이야기가 있어야만 합니다. 준비되셨습니까?"

실비아 디온이 덴마크 사람들을 바라보며 물었다.

"준비됐습니다."

준비한 서류들을 꺼내 든 바이든이 입을 열었다.

"착공에 앞서 거제도를 방문하여 레이아웃에 대한 설계를 해 보았습니다. 직접 가서 살펴보니 조선소를 설립할 수 있는 천혜의 조건을 가지고 있다는 걸 알 수 있었습니다. 지형적 특성이 어울리지 않으면 레이아웃을 뽑는 데 많은 지장이 있기 마련이지만, 거제도는 그런 어려움이 현저히 적습니다. 보다 많은 예산과 인력 지원이 있다는 조건이 붙는다면 반년 안에 레이아웃을 뽑아낼 수 있습니다."

바이든은 스카이 포레스트와 대현그룹 사람들에게 준비해 온 레이아웃과 관련된 서류들을 나눠 줬다.

차준후를 비롯한 사람들은 천천히 서류들을 살피기 시작했다.

서류는 매우 깔끔하고 보기 좋게 정리되어 있었다. 결정적으로 스카이 포레스트와 대현그룹에서 요구한 시간 내에 레이아웃을 설계할 수 있는 방법이 명확히 제시되어 있었다.

그 내용을 확인한 정영주는 만면에 미소를 지으며 화색을 띠었다.

그러나 차준후는 기뻐하는 기색조차 없이 무표정한 모습으로 생각에 잠겼다가 천천히 입을 열었다.

"여기 천만 달러의 예산 지원과 인력 지원이 있다면 반년 안에 레이아웃을 뽑을 수 있다고 적혀 있군요."

차준후가 바이든을 바라보면서 물었다.

"맞습니다. 그 정도 지원이 있다면 충분히 해낼 수 있습니다."

"좋네요. 추가로 한 가지 더 여쭙고 싶습니다. 여기에 명시된 예산보다 더 많은, 천만 달러보다 더 많은 자금을 지원해 드린다면 시간을 더 단축하는 것도 가능합니까?"

"그건……."

바이든은 말끝을 흐렸다.

반년이라는 시간도 자신이기에 해낼 수 있는 것이지, 다른 이들이었다면 엄두도 내지 못할 만큼 짧은 시간이었다.

그런데 여기서 더 시간을 단축할 수 있냐고?

아무리 많은 돈을 준다고 해도 이 이상은 사람이 할 짓이 아니었다.

반년보다 시간을 단축하려면 정말 개인의 여가를 모두 포기한 채 일에만 매진해야 했다.

그러나 어렵다는 말은 차마 입에서 떨어지지 않았다.

바이든도 덴마크에서는 천재라 불리는 인물이었다. 실제로 젊은 나이에 덴마크를 대표하는 오덴세 조선소의 임원 자리에 올라설 정도의 능력을 지니고 있었다.

덴마크의 천재라 불리는 그였기에 더욱 한국의 천재라 불리는 차준후에게 밀리는 모습을 보여 주고 싶지 않았다.

바이든은 잠시간의 고민 끝에 입을 열었다.

"……돈도 돈이지만 지원 인력이 중요합니다. 지원 인력이 많고, 뛰어날수록 시간을 줄이는 게 가능하죠."

"그렇다는데요? 회장님은 어떻게 생각하십니까?"

차준후가 정영주를 바라보았다.

"대현그룹, 아니 대한민국 최고의 인재들을 선별하여 보낼 생각이오. 그래도 부족하다면 얼마를 투자해서라도 해외에서 인재들을 추가로 고용하겠소."

정영주는 어떻게든 책임지도 레이아웃 설계에 필요한 인재들을 충원하겠다고 천명했다.

사실 레이아웃 분야에 있어서 정영주는 문외한이나 다름없었다. 그럼에도 불구하고 자신감을 잃지 않았다. 그의 불도저식의 사업방식이 이번에도 잘 드러났다.

"인력 문제도 이걸로 해결됐군요. 추가로 필요한 자금은 말씀 주신 대로 곧바로 지원하도록 하겠습니다. 이 정도면 목표 기한을 4개월까지 줄이는 것도 가능하겠습니까?"

차준후는 어떻게든 최대한 기한을 단축시키고 싶었다.

고작 2개월 단축시키기 위해 투입되는 예산과 인력의 가치를 생각하면 가성비는 그다지 좋지 않다고 할 수 있었다.

그러나 준비 기간이 길어질수록 고민만 많아질 뿐이기에 당장은 조금 손해를 보더라도 가능한 서두르고 싶었다.

물론, 빠르게 조선 산업을 시작할수록 더 큰 이익을 벌어들일 자신이 있기도 했다.

그렇게 레이아웃 설계 기한의 추가 단축이 결정되었다.

스카이 포레스트, 대현그룹, 오덴세 조선소 3개의 대기업이 모인 자리였으나, 회의의 주도권은 오롯이 차준후에게 있었다.

"일 처리가 아주 시원하구만. 사내라면 그래야지."

정영주가 환한 웃음을 지었다.

그는 이것저것 따지지 않고 밀어붙이는 차준후의 모습이 자신과 판박이라고 느끼고 있었다.

'젠장!'

바이든은 예기치 않은 결과에 표정이 딱딱하게 굳었다.

차준후에게 좋은 인상을 심어 주며 향후 스카이 포레스트와 긴밀한 관계를 이어 나갈 생각이긴 했지만, 이렇게까지 주도권을 완전히 넘겨줄 생각까진 결코 아니었다.

반년만 하더라도 충분히 차준후가 흡족해할 것이라 예상했던 그였다.

그 탓에 이러한 상황은 전혀 대비하지 못했고, 결국 차준후의 제안을 거부하지 못하고 받아들이게 되었다.

"무슨 문제라도 있나요? 부족한 점이 있으면 말해 보세요."

차준후가 의아한 얼굴로 바이든을 바라보았다.

골칫거리였던 레이아웃 문제를 해결해 준 고마운 사람이었다. 다른 문제가 있다면 빨리 처리해 주고 싶었다.

"없습니다."

이제 와서 못한다고 말할 수도 없었던 바이든은 속으로 울었다.

한편 울상인 인물이 한 명 더 있었다.

"회장님, 빠르다고 해서 무조건 좋은 게 아닙니다. 배를 만들 드라이독과 호안벽을 만들고, 급하게 필요한 중장비와 기자재를 확보하려면 1억 달러로도 부족할 겁니다."

대현그룹의 박현우 상무 조선소 설계 비용 견적을 가늠하며 울상을 지었다. 일정이 계속해서 당겨지며 예상 비용이 끊임없이 늘어나고 있었다.

그중에서도 가장 큰 문제는 중장비와 기자재의 확보였다.

조선소를 세우는 데 필요한 장비와 기자재들을 국내에서 수급하는 게 불가능한 상황이었기에 외국에서 전량 수입해야 하는 실정이었다.

그에 가뜩이나 녹록지 않은 상황인데, 심지어 일정까지 촉박해지니 서두르기 위해 지출 비용이 배가될 수밖에 없었다.

"반년이라는 시간도 충분히 빠른 겁니다. 여기서 더 시간을 단축하면 문제가 발생할 수도 있습니다."

박현우 상무는 건설 쪽에서 잔뼈가 굵은 임원이었다. 그는 시공을 지나치게 서둘렀을 때 발생하는 문제들이 익히 알고 있었다.

'그렇지. 빠르다고 좋은 게 아니야. 준비할 시간이 필요한 법이라고. 조금 여유롭게 갑시다.'

두 사람의 대화 내용을 전해 들은 바이든은 박 상무를 응원했다.

정영주는 미간을 좁힌 채 박현우를 위아래로 훑어보았다.

그 순간 박현우는 몸을 움츠릴 수밖에 없었.

정영주가 시선을 위아래로 훑는 건 그가 불쾌함을 드러낼 때 보이는 특유의 습관이었기 때문이다.

그리고 역시나 정영주의 불호령이 떨어졌다.

"이봐! 내가 문제가 생기든 말든 신경 쓰지 말고 공기를 단축하라고 했어? 불평만 늘어놓지 말고 해결할 방법을 궁리하라고. 그렇게 모든 수단을 고민해 본 다음 이야기하란 말이야! 스카이 포레스트의 사람들이 지켜보고 있는데, 대체 뭐하자는 거야?"

정영주는 차준후를 보기가 미안해졌다.

대놓고 밀어주고 있는데 이게 무슨 망신이란 말인가.

그는 회사로 돌아가서 임원들의 정신교육을 철저히 하

겠다고 다짐했다.

호랑이처럼 매섭게 몰아친 정영주의 모습에 대현그룹 임원들이 바짝 긴장하였다.

"알겠습니다."

결국 박현우 상무는 고개를 끄덕일 수밖에 없었다.

실제로 모든 방법을 고민해 보았다고 스스로 자신할 수 없었던 것이 사실이었다.

박현우를 비롯한 대현그룹 임원들은 정영주의 지적대로 다시 한번 최선을 다해 보기로 마음먹었다.

"오덴세 조선소에 대현그룹의 인재들과 기술진을 보내겠소. 부족하다면 언제든지 이야기해 주시오."

정영주가 대현그룹의 행보를 결정지었다.

"이것으로 조선소 레이아웃과 인력 파견, 비용 투자에 대한 문제를 마무리 짓겠습니다."

실비아 디온이 깔끔하게 회의를 진행했다.

이번 회의의 가장 중요한 문제가 끝난 것이었다.

정영주로서는 만족스러운 결과였다.

그렇지만 다소 차준후에게 너무 조선소 사업의 주도권이 넘어가 있다는 느낌이 들 수밖에 없었다.

차준후 덕분에 조선소 사업을 할 수 있어서 좋은 건 맞지만 이처럼 일방적으로 끌려간다는 건 문제가 많았다.

그렇기에 정영주와 대현그룹은 조선소 사업에 필요한

자금을 융통하기 위해 백방으로 노력했다. 이대로 조선소 사업에 필요한 자금을 스카이 포레스트에서 일방적으로 부담하면 지분에 있어서 불리하기 때문이었다.

"영국의 바클레이크 은행에서 차관에 대한 긍정적인 반응을 이끌어 낼 수 있었소이다. 조선소 설립에 들어갈 수 있는 차관을 받을 수 있을 듯하니 스카이 포레스트의 부담이 줄어들 것이요."

정영주가 말하면서 슬쩍 차준후의 눈치를 살폈다. 혹시라도 이번 차관으로 지분이 줄어드는 걸 싫어할 수도 있었기 때문이었다.

"차관을 받으면 좋지요. 외국 은행에서 차관을 받으시다니, 대단하십니다."

차준후가 웃으며 머리를 끄덕였다.

확실히 정영주 회장은 사업을 하는 데 있어 천부적인 재능과 감각을 지니고 있었다.

"처음에는 부정적인 의견을 내비쳤소이다. 그런데 차준후 대표와 함께한다고 하니 긍정적으로 바뀌더군. 결국 차준후 대표가 다한 셈이오."

정영주가 웃으며 이야기했다.

바클레이크 은행 관계자들은 처음엔 시큰둥하다가 차준후와 스카이 포레스트의 이야기를 듣고 적극적으로 나섰다.

어떻게 보면 차준후의 세계적인 명성이 조선소 사업에 대한 보증을 서 주고 있는 셈이었다.

"많이 받을수록 좋으니 제 이름을 사용해서라도 차관을 받으세요."

차준후는 많은 차관을 반겼다.

이 당시의 달러는 대한민국을 살찌게 해 주는 고마운 돈이었으니까.

조선소 사업과 관련된 업무를 가급적 줄이고 싶은 차준후였다. 정영주가 알아서 많은 업무를 가져가겠다고 하는데 반대할 이유가 없었다.

일을 적게만 할 수 있다면 조선소의 지분이 조금 줄어드는 것 정도는 냉큼 받아들일 수 있었다.

사장이라는 위치에 있으면 일하기 싫다고 해도 해야만 하는 업무가 상당했다. 지금만 해도 책상에 쌓인 결재해야 할 서류가 산처럼 쌓여 있었다. 차준후처럼 잘나가는 사업가라면 더욱 그랬다.

"차준후 대표의 이름을 적극적으로 이용하겠소."

적극적으로 반기는 차준후를 보면서 정영주가 안도했다. 혹시라도 차관에 대해 싫어하면 낭패였기 때문이었다.

이번 사업의 중심은 어디까지나 차준후였다. 차준후가 차관을 반대하면 그대로 받아들일 수밖에 없는 정영주와 대현그룹이었다.

"잠깐만요. 영국 은행과의 차관 이야기는 잠시 뒤로 미뤘으면 합니다."

제임스 보위가 의견을 제시했다.

"왜 그러시죠?"

"덴마크와 함께하는 조선소 사업이잖습니까. 왜 영국 은행에 좋은 일을 해 줘야 하는지 이해할 수가 없습니다. 덴마크의 은행들이 영국 은행보다 더 좋은 조건을 제시할 수 있습니다."

"음! 아직 차관을 들여오기로 본격적인 협상이 진행된 것은 아니오."

"잘됐군요. 덴마크로 돌아가면 즉시 덴마크 은행들과 협의하여 차관 문제를 논의할 수 있는 자리를 만들겠습니다. 영국 바클레이크 은행보다 좋은 조건일 거라고 보장하죠."

덴마크의 이번 조선소 사업에 적극적이었다.

세계 금융의 중심 가운데 한 곳인 런던이지만, 덴마크의 금융도 조선소 사업을 지원하는 데 있어 부족하지는 않았다.

"좋은 조건이라면 거부할 이유가 없지요."

정영주가 웃었다.

차준화와 함께 사업을 하니, 외국 은행에서 서로 돈을

빌려준다고 난리였다. 해외에서 차관을 끌어오는 게 얼마나 어려운지 잘 알고 있는 정영주였다.

덴마크는 영국을 비롯한 일부 국가들처럼 수출신용보증제도를 통해 자국의 무역을 장려하고는 있었지만, 이 또한 보증심사를 통과하는 게 쉬운 일이 아니었다.

정부 입장에서도 만일의 경우, 자신들이 보증책임을 떠맡아야 하는 상황이 올 수도 있으니 보증심사를 철저히 진행할 수밖에 없었다.

실제 역사에서는 대현그룹이 차관을 도입하기 위해서 엄청나게 고생한다. 그런 고생이 차준후의 등장과 지원으로 인해 싹 사라져 버렸다.

회의실의 분위기가 무척이나 훈훈했다.

그렇지만 단 한 명, 바이든은 약간의 불만을 가지고 있었다.

"저기, 차준후 대표에게 질문이 있습니다."

"편하게 물어보세요."

"최대 건조 능력 70만 톤, 70만 톤급 드라이독 2기를 갖춘 조선소를 만드는 것이 목표라고 하셨습니다. 맞지요?"

"맞습니다."

"그런데 70만 톤급 드라이독에서 갈치잡이 어선만 만들 생각이십니까?"

대형 선박을 수주할 자신이 있느냐는 의미가 담긴 물음이었다.

조선소를 만드는 것이야 돈과 인력을 투자하는 것으로 해결할 수 있는 문제지만, 대형 선박을 수주받는 건 그렇게 해결될 문제가 아니었다.

이미 세계 곳곳에 오덴세 조선소를 비롯하여 굴지의 조선소들이 굳건히 자리하고 있었다.

차준후는 과연 그들과 어떻게 경쟁할 생각인 것인지 이곳에 오는 내내 그것이 궁금했다.

그건 제임스 보위 또한 마찬가지였기에 말없이 두 사람의 대화에 귀를 기울였다.

"이만한 규모의 투자를 하고도 대형 선박을 수주하지 못한다면, 5년도 채 버티지 못할 겁니다."

딱히 틀린 이야기는 아니었다.

그의 우려는 충분히 공감이 가는 내용이었다.

이러한 문제들 때문에 다들 그동안 스카이 포레스트와 대현그룹이 대한민국에 조선소를 만든다는 것에 부정적인 의견을 표했던 것이기도 했다.

하지만 대현그룹과 정영주의 저력을 알고 있는 차준후였기에 이들과 생각이 다를 수밖에 없었다.

첫 물꼬를 트는 데 어려움이 있을 뿐, 그것만 도와 준다면 이후엔 대현그룹이 알아서 잘해 나갈 수 있으리라 여겼다.

물론 미래를 알기에 내리는 섣부른 판단일 수도 있었다.

무려 원 역사보다 십여 년이나 일찍 시작하는 조선업이었다. 역사가 바뀌었기에 상황이 원 역사와는 다르게 흘러갈 가능성도 분명 존재했다.

하지만 이 또한 차준후는 생각해 둔 바가 있었다.

"고부가가치 선박을 제조할 생각입니다."

"예? 그러니까 어떻게 대형 선박을 수주할 생각이시냐는 질문이었습니다만……."

차준후는 바이든의 말에 고개를 가로저었다.

그가 말한 고부가 가치 선박은 대형 선박을 뜻하는 게 아니었다.

바로 대한민국이 자랑하는 선박.

"LNG 선박을 제조할 겁니다."

"LNG 선박이요?"

바이든의 눈동자가 커졌다.

갑작스럽게 들은 단어로 인해 머릿속에 지진이 일어난 것만 같았다. 그리고 그건 회의실에 있는 사람들 모두 마찬가지였다.

액화천연가스(liquefied natural gas), 통칭 LNG.

LNG는 석유에 비해 탄소 배출량이 적어 비교적 친환

경적이기에 지속적으로 연구가 진행되고 있는 연료다.

 또한 천연가스에 비해 부피가 압도적으로 줄었기에 운반, 저장에도 훨씬 용이했다.

 다만 문제가 하나 있었으니, 바로 LNG가 무려 약 165도에 달하는 극저온이라는 점이었다.

 LNG의 극저온은 선체에 영향을 끼쳐 파손에 이르게 만들었다. LNG를 문제없이 운반하기 위해서는 그에 대한 대비책이 반드시 필요했다.

 더불어 가스탱크 내부를 일정하게 초저온 상태를 유지하는 기술 또한 필수였다.

 이를 해결하기 위해 각국의 조선소들이 막대한 돈을 쏟아부으며 끊임없이 연구를 거듭하고 있었지만, 아직도 LNG를 운반할 수 있는 선박을 개발하지 못한 상태였다.

 그랬기에 바이든은 순간 자신의 귀를 의심할 수밖에 없었다.

 "……지금 세계 최초의 LNG 운반선을 만들려고 한다는 겁니까?"

 바이든이 침을 꿀꺽 삼키고서 물었다.

 LNG 운반선을 만들 수만 있다면 그 조선소는 전 세계의 발주를 쓸어 담을 터였다.

 '아니, 그게 문제가 아니다.'

 선진국에서는 이미 미래를 내다보며 친환경 에너지로

써 LNG를 주목하고 있었다.

세계 최초의 LNG 운반선을 만들어 낸다면 그건 그야말로 세계를 들썩거리게 만들 만한 발명이었다.

LNG라는 에너지의 한 축을 쥐고 흔들 수 있는 힘을 지니게 되는 것이나 다름없었으니까.

이건 지금까지 스카이 포레스트가 진행해 왔던 그 어떤 사업들보다도 대단한 것이었다.

"LNG 운반선이라면 고부가 가치 선박으로 적당하지 않나요?"

차준후가 담담하게 물었다.

그러나 아무도 그 물음에 대답하지 못했다. 회의장은 옆 사람의 침 삼키는 소리까지 들려올 정도로 쥐 죽은 듯이 조용했다.

이곳에 모인 이들은 LNG 운반선에 대한 지식이 어느 정도 있었다.

특히 오덴세 조선소에서 나온 사람들은 LNG 운반선의 가치를 누구보다 잘 알았다. 그들 또한 LNG 운반선을 만들기 위해 많은 노력을 기울이고 있었기 모를 수가 없었다.

오덴세 조선소는 수년에 걸쳐 휘하 연구소와 협력 기관에 많은 자금을 투입하고 있었다. 그러나 아직까지 LNG 운반선에 대한 실마리를 전혀 잡지 못한 상태였다.

그런 LNG 운반선에 대한 이야기가 최빈국인 대한민국에서 나오게 될 줄이야.

다른 이의 입에서 나온 이야기였다면 헛소리라 여겼을 것이었다.

그러나 이미 세계를 놀라게 한 전적이 있는 차준후였기에 말도 안 된다며 치부하기 어려웠다.

"LNG 운반선을 만들 수만 있다면 전 세계에서 억만금을 들여서라도 발주를 넣을 겁니다. 그런데 정말 LNG 운반선을 만들 수 있는 겁니까?"

바이든이 떨리는 목소리로 물었다.

회의장이 더욱 조용해졌다.

모든 사람이 차준후를 바라만 보고 있었다.

지금 이야기가 외부에 알려진다면 그야말로 세상이 뒤집어질 수도 있었다.

"그동안 해결되지 않던 LNG 운반선을 건조하는 데 발생하는 문제들을 해결할 핵심 기술들을 확보해 둔 상태입니다."

차준후가 담담하게 이야기했다.

예전에 대현조선소를 방문하여 LNG 선박 건조를 견학한 적이 있었다. 워낙에 인상이 깊었기에 LNG 선박 제조와 멤브레인 공법에 대해서 공부하였다.

그때의 공부가 이렇게 도움이 될지는 미처 몰랐다.

"혹시 자세한 설명을 들을 수 있겠습니까?"

"우선 선체에 직접 방열 자재를 설치, 멤브레인 방식의 탱크를 만드는 겁니다."

"자, 잠시만요. 조금 더 쉽게 설명을 부탁드리겠습니다."

방금 전 차준후가 설명한 것은 멤브레인식 LNG 운반선으로, 선체와 화물창을 일체화하여 탱크의 중량을 줄이며 더 많은 LNG를 적재할 수 있는 최신식 선박이었다.

현재 각국의 조선소에서 개발하며 가닥을 잡고 있는 모스식 LNG 운반선과는 큰 차이가 있었기에 이 바닥에서 천재라 불리는 바이든조차 쉽사리 차준후의 설명을 이해하지 못했다.

"음. 전부 설명을 드리기는 어렵고, 간단히 설명을 드리자면……."

"대표님, 여기까지만 하시죠. 지금 더 이상의 설명은 필요하지 않습니다."

세상을 뒤집어 버릴 수 있는 중요한 내용을 자세하게 설명하려는 차준후를 실비아 디온이 제지하고 나섰다. LNG 운반선에 대한 중요한 이야기를 회의장의 사람들이 모두 들을 필요가 없다고 생각했다.

"알겠습니다."

차준후는 아차 하며 황급히 입을 닫았다.

"조금만 더 이야기해 주시면 안 되겠습니까?"

바이든이 아쉬워하며 읍소했다. 그는 마치 부모에게 버림받은 아이처럼 불쌍한 표정을 지었다.

"대표님의 귀중한 지식을 함부로 듣겠다는 건가요?"

실비아 디온이 매섭게 바이든을 쏘아봤다.

차준후가 무엇을 설명하려고 했던 것인지는 그녀 또한 자세히 모르는 건 마찬가지였지만, 분명 시대를 뒤흔드는 획기적인 지식일 것이라고 예상했다. 그것이 함부로 유출되는 건 막아야만 했다.

그렇게 더 이상 차준후의 입이 열리지 않자 오덴세 조선소 사람들의 표정은 나라라도 잃은 듯한 표정이었다.

반면 정영주 회장은 들뜬 모습으로 웃음을 터뜨렸다.

"허허허! 차준후 대표가 대단하다는 건 익히 알고 있었지만 내가 과소평가를 했구려. 대현조선소의 미래 먹거리를 일찌감치 만들어 뒀다니 정말 놀랍소."

"이건 꼭 해야만 하는 사업입니다, 회장님. LNG 운반선을 만들 수만 있다면 대현그룹은 세계적으로 우뚝 설 수 있습니다."

"회장님, 축하드립니다. 대현그룹은 이제 세계로 날아오를 날개를 얻었습니다."

"정말 대단한 천재입니다. 저런 천재가 대한민국에 있다는 건 엄청난 축복입니다."

대현그룹의 사람들이 차준후에 대한 칭송과 존경을 만구 드러냈다. 그러면서 앞으로 비상하게 될 대현그룹을 생각하면서 흐뭇한 웃음을 지었다.

"대체 언제 LNG 운반선에 대해 연구하신 건지 모르겠네. 그것도 혼자서 말이야."

문상진이 차준후의 놀라운 천재성에 혀를 내둘렀다.

짧지 않은 시간을 바로 곁에서 지켜보았기에 차준후의 대단함을 누구보다 잘 알았다.

그럼에도 이번 일은 놀라지 않을 수 없었다. 홀로 LNG 운반선의 핵심 기술을 만들어 내다니, 이건 정말 상식을 벗어난 수준의 일이었다.

그때 실비아 디온이 문상진에게 간단한 해답을 주었다.

"대표님이잖아요."

"……그렇죠. 차준후 대표님이죠."

차준후.

그 이름만으로 상식을 벗어난 일마저 납득이 되었다.

상식 밖의 일로 인해 회의장이 어수선해졌다.

'미쳤구나. 미쳤어.'

차준후를 바라보는 제임스 보위의 눈동자가 요란하게 흔들렸다. 차준후가 천재라는 걸 잘 알았기에 더 이상 당황할 일은 없을 거라고 생각했는데 아니었다.

'LNG라니, 생각도 하지 못했다. 이건 세계 에너지 시장을 뒤흔드는 일이야.'

LNG 운반선은 단순히 선박으로서의 가치에 그치지 않는다.

LNG 운반선은 LNG 산업을 촉진시키는 거대한 파괴력을 가지고 있었다.

제임스 보위가 침을 꿀꺽 삼켰다.

LNG 산업을 위해서는 여러 시설이 필요하다.

천연가스를 편리하게 수송하기 위해 냉각, 액화시킬 플랜트.

선박을 세워 둘 정박 시설.

LNG를 내리기 위한 하역 설비.

액체 상태의 LNG를 기체로 다시 변환시킬 기화 설비.

그리고 저장 시설, 송출 설비까지.

이 모든 시설을 세우기 위해서는 막대한 자금이 필요했다.

'하지만 그만한 투자를 무색하게 할 만큼의 이득을 벌어들일 수 있지.'

돈 이외에도 얻을 수 있는 건 많다.

세계 최초 LNG 운반선을 만들고, LNG 산업에 처음으로 진입한다면 덴마크의 위상을 세계에 알릴 수 있게 된다.

제조업 혁신이 전 세계적인 화두로 떠오르고 있는 시기였다. 미국, 독일, 영국, 일본 등 전통적인 제조업 강국들은 기술 개발을 통한 제조업 혁신을 매진하고 있었다.

국가가 전력으로 뛰어들어도 세계적인 기술 개발과 제조업 혁신을 일궈 내는 건 쉽지 않았다.

어렵고 힘들기에 더욱 노력하는 것이었다. 해내기만 하면 그 달콤한 열매는 국가 경제를 살찌워 줄 테니까.

선진국들은 제조업 혁신으로 경제를 더욱 활성화하겠다는 정책을 강력하게 추진하고 있었다. 특히 지금처럼 세계적으로 경기가 활황일 때 국가의 발전을 높이겠다는 의도였다.

'차준후는 덴마크를 위대하게 만들어 줄 수 있는 천재다.'

제임스 보위는 차준후가 조국을 몇 단계 위로 끌어올려 줄 수 있다는 걸 깨달았다.

화장품 사업이 최소 10억 달러였다.

그런데 LNG 산업은 화장품 사업보다 몇 배, 아니 수십 배 이상으로 큰 사업이었다. 최소 100억 달러 이상이 걸려 있는 것이었다.

그런 LNG 산업을 선점할 수 있다면?

그야말로 천문학적인 이득을 누릴 수 있다는 말로 이어진다.

가늠조차 되지 않은 가치에 눈이 돌아갈 지경이었다.

'지금 이 순간, 우리는 차준후가 만들어 낼 새로운 에너지의 시대를 목격하고 있는 거다.'

제임스 보위는 세계 에너지 시장에 지각변동이 일어날 것임을 직감했다.

물론 이 모든 건 정말 차준후가 LNG 운반선을 만들어 낼 수 있을 때 성립되는 것이었지만, 그동안 봐 왔던 차준후의 행보를 생각하면 일말의 의심도 들지 않았다.

'조금이라도 빨리 고국에 알려야 한다. 무조건 이번 LNG 산업에 한 발을 거쳐야 해.'

제임스 보위는 조선소가 문제가 아니라는 걸 깨달았다. 대현조선소는 그저 곁가지에 불과했다.

제임스 보위가 그렇게 생각에 잠겨 있던 그때, 한구석에서는 바이든과 정영주의 말다툼이 오가고 있었다.

"말도 안 되는 소리. LNG 운반선를 만들려면 최고의 기술력이 필요한데, 도대체 아직 세워지지도 않은 대현조선소에서 언제 LNG 운반선을 만들겠다는 겁니까?"

"그거야 조선소를 만들면서 배도 동시에 건조하면 되는 거 아니오."

"하아! 이 사람들, 말이 안 통하네. 논리적으로 생각합시다."

바이든과 정영주는 차준후가 LNG 운반선 건조 기술을

제공할 시, 어디서 최초의 LNG 운반선을 건조할 것인지에 대해 갑론을박을 벌이는 중이었다.

"차준후 대표! 어떤 의견을 가지고 있으시오?"

"대현조선소가 아직 지어지지도 않았습니다. 지금 당장 LNG 운반선을 만들기에는 오덴세 조선소가 최적입니다. 우리는 모든 준비가 되어 있습니다."

회의 초반에 있었던 화기애애한 모습은 사라진 지 오래였다.

그들은 어떻게든 최초의 LNG 운반선을 건조한 조선소라는 타이틀을 손에 넣기 위해 격돌했다.

두 사람의 의견은 어느 한쪽이 잘못됐다고 할 것 없이 모두 일리 있는 이야기였다.

시간을 지체했다가는 다른 조선소에서도 LPG 운반선을 건조할 수 있는 기술을 손에 넣어, 세계 최초라는 타이틀을 빼앗길 수도 있었다.

이러한 측면을 고려한다면 오덴세 조선소에서 가능한 빨리 LPG 운반선을 건조하는 것이 맞았다.

하지만 정영주의 말대로 조선소를 세우며 동시에 배를 건조하는 것도 불가능한 것은 아니었다.

실제로 원 역사에서 대현은 방파제를 쌓고 항만 준설 공사를 진행하며, 동시에 배를 건조하는 상식 밖의 미친 짓을 벌이며 불가능한 일이 아님을 증명했다.

"조용히 하세요. 어디에서 만들지는 전적으로 우리 대표님께서 결정할 문제니까요."

실비아 디온이 시끄럽게 떠드는 대현그룹과 오덴세 사람들을 동시에 침묵시켰다.

맞는 말이었다. 그들이 아무리 자기들의 몫이라고 떠들어도 결정권은 차준후가 가지고 있었다.

그럼에도 불구하고 두 그룹의 사람들은 먹이를 바라는 병아리처럼 간절한 눈빛으로 차준후를 바라보았다. 그들에게서 방금 전까지 시끄럽게 소리치던 모습은 찾아볼 수 없었다.

"시간을 두고 생각해 봅시다."

차준후가 결정을 미뤘다.

특허를 등록하지도 않았는데, 어디에 LNG 운반선 건조를 맡기는 건 이른 문제였다.

"팔은 안으로 굽을 수밖에 없지 않겠어?"

"차준후 대표는 한국인이잖아."

"우리가 세계 최초로 만들어야 LNG 운반선에 대한 주도권을 움켜쥘 수 있는데……."

"아직 끝난 일이 아니오. 지켜봅시다."

바이든을 비롯한 덴마크 사람들의 얼굴이 침울해졌고, 정영주과 대현그룹 사람들이 환해졌다. 시간의 흐름은 덴마크가 아닌 대현그룹에 유리한 측면이 있었기 때문이었다.

"자! 이제 점심시간이 되었으니 회의를 마칩시다."

차준후가 회의의 끝을 선언했다.

시계를 보니 어느덧 점심시간이 되어 있었다. 식사 시간을 꼬박꼬박 챙기고 있는 차준후였고, 이번에도 예외는 아니었다.

"좋습니다."

"아주 유익한 회의였습니다."

"차준후 대표님 덕분에 미래가 밝다는 걸 알 수 있었습니다."

"더 회의를 하고 싶지만 금강산도 식후경이죠."

식사를 건너뛰며 일하는 다른 사장들과 달리 밥 먹는 시간을 꼬박꼬박 챙기는 차준후의 음식 사랑은 유명했다.

"근처의 연탄불고기 식당의 별채를 예약해 뒀습니다."

차준후가 몇 차례 방문한 불고기 전문 식당이었다.

21세기에는 좀처럼 찾아보기 힘든 연탄불고기집으로, 주방장이 연탄으로 화력을 조절해 가면서 기가 막힌 불고기를 만들었다. 간장 불고기와 고추장 불고기가 아주 인상적이었다.

외국인 관광객들도 한국에 오면 즐겨 찾는 메뉴이기도 했다.

"차준후 대표가 고른 식당이면 믿고 먹을 수 있겠지. 가세나. 기분이 좋아서 그러는데, 술 한잔 어떤가? 불고기에는 톡 쏘는 술이 제격이라네."

얼굴 가득 웃고 있는 정영주가 제안했다.

이번 회의를 통해 참으로 많은 걸 얻었다. 너무나도 많은 걸 얻어서 먹지 않아도 배부른 느낌을 받았다.

이렇게 기분이 좋을 때는 술을 마셔야만 한다. 차준후와 함께 술을 나누면 지금의 좋은 기분이 더욱 좋아질 거라고 믿었다.

"술은 됐습니다. 근무 중에 술은 마시지 않습니다."

차준후가 단번에 거절했다. 얼굴을 찡그리면서 탐탁지 않아 하는 걸 대놓고 보여 줬다.

그럼에도 불구하고 정영주가 찰거머리처럼 들러붙었다.

"쩝! 그런 퇴근 후에는 어떤가? 오늘의 자리를 기념하자고."

차준후의 거부를 전혀 아랑곳하지 않는 모습이었다.

"퇴근 후에는 바쁩니다."

"바쁜 건 알지만 그래도 시간을 내주게. 내가 근사한 곳에서 한잔 사겠네. 내가 가장 좋아하는 요정이 있다네. 미리내보다 음식 맛이 나으면 나았지, 전혀 부족하지 않아."

정영주는 차준후와 더욱 친밀하게 지내고 싶었다.

이런 천재와는 가깝게 지내야 여러모로 좋았다.

사내끼리 친해지는 데 있어 윤활제 역할을 하는 것이 바로 술 아닌가.

"됐습니다. LNG 운반선 특허를 등록해야 해서요. 작성해야 할 서류들이 아주 많습니다."

차준후가 사업적인 이야기를 꺼내야 납득하는 정영주의 성격을 이용했다.

"그렇다면 어쩔 수 없지. 정말 아쉽군."

그제야 정영주는 한발 물러났다.

대현조선소의 미래가 걸린 일이었다. 이건 물러서지 않을 수 없었다.

"시간 괜찮을 때 언제라도 연락 주게."

물론 그렇다고 완전히 포기한 것은 아니었다.

정영주는 언젠가 기필코 차준후와 함께 술자리를 하겠다는 의지를 계속해서 내비쳤다.

"배고프네요. 빨리 식사하러 갑시다."

그러거나 말거나.

차준후는 정영주의 술자리 제안을 귓등으로도 듣지 않았다.

대현그룹과 덴마크 사람들, 그리고 실비아 디온과 문상진에게 둘러싸인 차준후가 점심을 먹기 위해 움직였다.

꽃

 덴마크로 떠나기 전, 대현그룹의 엘리트들이 바쁘게 움직였다. 오덴세 조선소와 덴마크의 은행, 정부 관계자들에게 보여 줘야 할 서류들을 작성하기 위해 밤낮을 쉬지 않고 일했다.
 현대적인 조선소를 세우기 위해서는 많은 자금, 인력, 장비, 기술 등이 필요하다. 무엇 하나 부족하면 조선소를 만들기 힘들다.
 해외에서 모든 걸 들여와야 하는 대현조선소의 경우에는 더욱 어려웠다. 오덴세 조선소와 기술 협력을 하지만, 그 과정에서 무수한 협상을 진행해야만 한다.
 대현그룹의 엘리트들이 미친 듯이 달라붙어서 치밀하게 사업계획서를 짜고 있었다. 서류와 자료들이 산처럼 쌓이고 있었다.
 이건 덴마크에서 날아온 오덴세 조선소와 정부 관계자들도 마찬가지였다.
 스카이 포레스트가 LNG 운반선의 핵심 기술을 확보했다는 이야기를 접한 그들은 급히 일부 인원을 본국으로 보내어 그 사실을 알렸다.
 그에 반해 스카이 포레스트는 한가로웠고, 차준후는 하고 싶은 일을 해 나갔다.

* * *

 경기도 영장산.
 작년까지만 해도 경기도의 황량한 산들 가운데 하나였지만 이제는 아니었다. 영장산을 특별하게 만들어 주는 SF 목장과 SF 우유가 작년부터 자리를 잡고 있기 때문이었다.
 황량했던 일대는 일 년도 안 되는 시기에 대대적으로 바뀌었다. 흙먼지 폴폴 날리던 흙길에 아스팔트 도로가 깔렸고, 전봇대에는 굵은 전선들이 걸려 있었고, 우뚝 솟은 건물들까지 곳곳에 보였다.
 황무지나 다름없던 영장산 일대는 이제 대한민국의 낙농업을 최전선에서 이끌어 가는 전진기지로 탈바꿈되었다.

일대의 땅값이 몇 배로 올라 땅을 가진 사람들이 희희낙락하고 있었고, SF 목장이 들어선다는 정보를 미리 접하고서 일찌감치 땅을 매입한 공무원과 정치인들도 즐거워하고 있었다.

 물론 가장 큰 이득을 본 건 엄청난 땅덩어리를 구매한 스카이 포레스트였다.

 스카이 포레스트에서 꾸준하게 황무지를 개간하고, 낙농 시설과 건물 등을 지속적으로 만들고 있었다. 그렇기에 영장산 일대의 땅값이 앞으로도 더욱 올라간다는 소문이 무성했다.

 도로를 따라 곳곳에 복덕방들이 들어서 있었다.

 복덕방 건물의 위에는 땅을 고가로 매입한다는 현수막들이 걸려 있었다. 땅을 구매한다는 사람들은 많은데, 하루가 다르게 땅값이 올라가고 있었기에 판다는 사람들을 찾기가 어려웠다.

 부우우웅! 부우우웅!

 검은색 포드 차량들이 줄지어서 아스팔트를 따라 질주했다. 서울에서도 좀처럼 볼 수 없는 포드 차량의 숫자가 무려 네 대였다.

 대한민국에서 이렇게 차량을 움직일 수 있는 건 오직 차준후뿐이었다.

 본래 차준후는 앞뒤로 경호를 받으며 세 대의 차량으로

움직였었는데, 이번에 실비아 디온이 합류하며 그녀의 경호원들 차량까지 더해져 네 대가 된 것이었다.

세 번째 위치의 차량에 차준후와 실비아 디온이 탑승하고 있었다.

"여기도 많이 바뀌었구나."

차준후가 창문 밖을 바라보면서 미소 지었다.

상전벽해라고 할까. 영장산 일대는 하루가 다르게 바뀌고 있었다.

한강 이남에서 이곳처럼 빠르게 발달하고 있는 곳은 없었다. 지금도 시멘트와 모래를 실은 트럭들이 도로를 질주하고 있었고, 인부들이 잔뜩 모여서 건물을 짓고 있기도 했다.

"대표님께서 바꾸신 거죠."

실비아 디온이 차준후와 함께 창문 밖을 바라보면서 이야기했다.

덴마크의 2차 차관을 받은 SF 목장과 SF 우유의 일자리가 지속적으로 늘어나고 있었고, 새로운 건물을 짓기 위해 수많은 인부가 일하고 있었고, 스카이 포레스트의 복지 혜택으로 식당들이 잔뜩 생겨났다.

영장산 일대에는 일거리들이 넘쳐 나기에 지방 사람들이 일자리를 찾기 위해 몰려왔다. 제주도에서 소문을 듣고 찾아온 사람들도 있을 정도였다.

"고생하고 있는 사람들의 공이 크지요."

차준후가 일하는 근로자들에게 공을 돌렸다.

익은 벼가 고개를 숙인다. 겸양하는 것이 예의라고 알았기에 구태여 잘난 체를 하지 않았다.

"다른 사람들의 공도 물론 있겠지만, 그들의 공을 모두 합하더라도 대표님의 공로에 못 미칩니다."

틀린 말이 아니었다. 애당초 차준후가 없었더라면 영장산 일대의 변화는 없었을 테니까.

차준후가 쓴웃음을 지으며 말했다.

"다른 사람들 앞에서는 그렇게 말하지 마세요."

"어째서죠? 틀린 말이 아니잖습니까."

실비아 디온이 고개를 갸웃거렸다.

왜 남들의 시선을 신경 쓰는 것인지 이해하기 어려웠다. 그녀는 지나치게 타인을 배려하고 신경 쓰는 차준후의 행동이 간혹 답답하게 느껴지곤 했다.

"제가 아무리 잘났어도 결국 혼자서 모든 걸 할 수는 없습니다. 각자 자신의 위치에서 최선을 다해 주고 있기에 지금의 결과가 있는 겁니다."

스카이 포레스트가 지금처럼 성장할 수 있었던 결정적인 이유는 물론 차준후의 존재 덕분이지만, 열심히 일해 주는 스카이 포레스트의 직원들이 없었더라면 이러한 성과도 나올 수 없었다.

일부 경영인들은 이 사실을 망각하고 직원들을 한낱 부품처럼 여기기도 하지만, 차준후는 이 사실을 결코 잊지 않았다. 아니, 정확히는 잊을 수가 없었다.

'나는 차준후이면서 동시에 임준후니까.'

분명도 후회도 있는 삶이었지만, 그렇다고 임준후로서 살아왔던 삶을 부정하고 싶진 않았다.

오히려 자신 또한 스스로가 경멸하던 경영인들처럼 되지 않기 위해서라도 임준후로서의 정체성 또한 잃지 않으려 했다.

회사 이름을 스카이 포레스트로 명명한 것은 그 각오의 일환이었다.

스카이 포레스트.

하늘의 뜻으로 회귀한 임씨 성의 사내가 만든 기업이라는 뜻을 함축하여 지은 이름이었다.

차준후는 기업명을 통해 자신의 정체성을 되새기고자 했다.

"그렇군요……. 어떤 말씀이신지 이해했습니다."

실비아 디온이 배시시 웃었다.

각자 자신의 위치에서 최선을 다해 주고 있다.

그 말에 자신 또한 포함되어 있음을, 차준후가 자신의 노력을 알아봐 주고 있음을 느꼈다.

항상 시베리아 벌판처럼 차가웠던 그녀의 마음에 한 줄

기 따뜻한 바람이 불어오는 듯했다.

"아, 그런데 꽃밭을 만들면서 문화 사업까지 펼치시는 이유가 있으실까요?"

지금 차준후와 실비아 디온은 향수에 사용할 꽃밭을 조성하기 위해 영장산으로 향하고 있는 것이었다.

백만 평이 넘는 규모의 꽃밭. 그곳에서 키워 낸 꽃들을 이용해서 향수 시장을 석권하겠다는 큰 그림이었다.

"아름다운 꽃밭이 만들어질 텐데, 이걸 써먹지 않는 건 낭비죠. 백만 평의 꽃밭은 문화, 관광 산업으로도 충분히 활용될 수 있을 겁니다."

1960년대의 대한민국은 무척이나 황폐했다.

일부 지역에는 관광호텔을 세우며 외국인 관광객들을 유치하기 위해 노력했지만, 관광단지 조성이 여전히 부족한 상황이었다.

스카이 포레스트의 화장품을 구매하기 위해 이전과는 비교할 수 없을 만큼 외국인 관광객들이 늘긴 했지만, 그들은 화장품만을 구매한 뒤 공항을 빠져나가기 일쑤였다.

차준후는 영장산의 꽃밭과 SF 목장을 이용한 관광지를 조성한다면 국내외 관광객들을 충분히 끌어모을 수 있으리라 예상했다.

"그리고 꽃밭을 찾아온 관광객들에게 꽃차와 화장품,

우유, 치즈 등을 판매하는 거죠."

스카이 포레스트의 화장품과 계열사들 상품을 판매할 계획이었다. 영장산 일대를 스카이 포레스트의 관광타운으로 만들겠다는 원대한 계획이었다.

차준후의 지시에 따라 특별 전담 조직이 만들어졌고, 조직원들이 과제를 해결하기 위해 여러 방안들을 강구하고 있었다.

차준후의 이야기 가운데 실비아 디온은 꽃차에 대해 궁금해했다.

"꽃차요?"

"차나무잎을 이용하여 만든 차가 아닌, 꽃을 우려서 만드는 전통차죠. 어떤 꽃으로 차를 만드느냐에 따라 향과 맛뿐만 아니라 효능도 제각기 달라서 관광객들에게 재미를 줄 수도 있을 겁니다."

"괜찮네요. 저도 꼭 한번 마셔 보고 싶어요."

"그러면 바로 꽃차 명인들을 알아보도록 하죠."

꽃차를 만들기 위해서는 재배부터 남다른 과정이 필요하고, 또한 건조, 숙성 발효 등 수많은 제다 방식을 거쳐야 한다.

그 과정에서 사소한 차이만으로도 꽃차의 맛은 확연히 달라지게 된다.

명인들을 모실 수 있느냐 없느냐에 따라 꽃차 사업의

결과가 달라질 수 있기에 매우 중요한 요소였다.

"아! 그리고 식물 종자를 연구하는 학자와 연구원들도 알아봐 주세요."

"종자요?"

"사계절이 뚜렷한 한국에는 식물들의 종자들이 다양합니다. 일례로 미국에서 생산하는 콩들 중 상당수는 한국에 뿌리를 두고 있습니다."

"정말요? 몰랐어요."

콩 요리를 좋아하는 실비아 디온이 눈을 동그랗게 치켜떴다.

밭에서 나는 소고기라 불리는 콩은 오랜 옛날부터 인류가 경작해 온 작물이다. 단백질, 식이섬유, 비타민, 미네랄 등이 풍부한 헬스푸드로, 미국이 세계 최대 생산국이다.

미국이 세계 최대 생산국이 될 수 있었던 건 1929년에 한국에서 야생 콩 종자를 대량으로 채취해 간 덕분도 있었다.

미국은 그렇게 채취한 야생 콩 종자를 수없이 연구, 개량하여 미래에는 세계 최대의 재배콩 종자 보유국이 된다.

"한반도의 식물들 종자를 지키고 연구할 수 있는 연구소를 만들려고 합니다. 미래에는 종자를 가지고 있다는 것만으로도 엄청난 권력이 될 테니까요."

이는 단순히 애국심 때문만은 아니었다.

유전 공학과 생명 공학 기술을 이용하여 내부에 새로운 유전자를 삽입하는 GMO, 유전자 변형 식물은 화장품과 완전히 다른 영역이 아니었다.

줄기세포!

줄기세포 화장품을 만들려고 하는 차준후는 유전 공학과 생명 공학 기술을 끊임없이 연구해야만 했다.

그리고 식물 종자 연구소는 그 기반이 되어 줄 것이었다.

사실 지금부터 준비해도 조금 늦은 감이 있었다.

이미 한반도의 다양한 식물 종자 등은 외국으로 상당수 반출된 상황이었고, 그곳에는 이미 그 종자들로 유전 연구를 진행 중이거나 끝낸 상황이었다.

지금 당장 본격적으로 연구를 시작하더라도 타국의 연구를 따라잡기란 쉽지 않은 일이었다.

그래도 원 역사와는 달리, 막대한 자금을 동원할 수 있는 차준후의 등장으로 타국을 따라잡을 기회는 손에 넣게 되었다.

원 역사에서는 유전자원의 가치를 알지 못하여 일찌감치 관리를 하지 못한 탓에, 한반도에서는 상당수의 종자들이 종적을 감췄다.

반면 그것을 반출해 간 외국들만이 한반도의 종자를 보유하는 아이러니한 상황에 이르렀다.

최소한 그런 상황만큼은 피할 수 있게 된 것이다.

"종자 연구소라! 대표님의 말처럼 미래 성장력이 남다르겠네요. 해외에 이쪽으로 박식한 연구원이 없는지 알아볼게요."

명석한 실비아 디온은 곧바로 차준후의 말뜻을 이해하였다.

종자 연구와 관련해서 대한민국은 갓난아기 수준이나 마찬가지였다. 제대로 된 연구를 위해서는 해외에서 전문가를 초빙하여 도움을 받을 필요가 있었다.

"비용을 아끼지 마세요."

차준후는 누구보다 인재의 중요성을 잘 알았다. 그는 뛰어난 인재에게 돈을 아낄 생각이 없었다.

"아낌없이 사용할게요."

마찬가지로 차준후의 곁에서 함께하며 인재의 소중함을 깨달은 실비아 디온은 망설임 없이 대답했다.

"국내에도 우장천 박사라는 원예와 농업 분야의 세계적인 전문가가 있었어요. 그분과 함께 연구를 진행했던 분들도 초빙하세요."

차준후가 국내 전문가들의 연구를 지원하는 데 열의를 내보였다.

연구원 출신이었기에 종자를 연구하는 일에 있어 부단한 노력과 시설, 자금 등이 필요하다는 걸 잘 알고 있었다.

 최빈국인 대한민국은 안타깝게도 첨단 시설과 자금 지원 등이 부족해서 연구원들이 종자 연구를 마음껏 하지 못하고 있는 실정이었다.

 '우장천 박사의 동료들이라면 큰 도움이 될 거야.'

 초대 한국농업과학연구소장을 역임한 우장천 박사는 세계적으로 명성이 높은 전문가로, 다윈의 진화론을 수정하게 만들 정도로 학계에 엄청난 파장을 일으킨 인물이었다.

 심지어 일본이 대한민국으로의 귀국을 막으려고 수작을 부릴 정도로 뛰어난 천재였다.

 유채가 배추와 양배추의 자연교잡종이라는 걸 세계 최초로 밝혀내는 위대한 업적을 만들어 냈다. 종의 합성과 종간 잡종에 대한 개념을 처음으로 밝힌 것이었다.

 그와 함께할 수 있으면 좋았겠지만, 안타깝게도 그는 차준후가 회귀하기 전 1959년에 사망하였다.

 참으로 안타까운 일이었다.

 그나마 다행인 것은 우장천 박사와 함께 연구를 진행했던 인재들이 남아 있다는 점이었다. 그들의 조력을 받을 수만 있다면 큰 도움이 될 터였다.

"맡겨 주세요."

실비아 디온은 막대한 자금을 동원해서 훌륭한 연구원들을 끌어모을 작정이었다.

그녀는 차준후가 궁극의 화장품이라 불리는 줄기세포 화장품을 만들기 위해 얼마나 열정을 쏟아붓고 있는지 누구보다 잘 알고 있었다.

차준후의 기대에 보답하기 위해서라도 그가 꿈을 이룰 수 있도록 곁에서 최선을 다할 생각이었다.

* * *

SF 목장의 정문 앞.

그곳에는 차준후의 방문 소식을 전해 들은 직원들이 모여 있었다.

그들은 목장으로 천천히 다가오는 네 대의 차량을 발견하고는 웅성거리기 시작했다.

"와, 진짜 멋지다."

"미국에서 들여온 차라던데? 엄청 비싸다더라."

"그런 게 네 대씩이나……."

"경호원들도 저런 외제차를 끌고 다니는 거야?"

줄지어 달려오는 포드 차량들을 본 SF 목장 직원들은 하나같이 감탄을 터트렸다.

이윽고 네 대의 포드 자동차가 SF 목장의 정문 앞에 부드럽게 멈춰 섰다.

건장한 체격의 경호원들이 내려섰고, 양복을 입은 차준후와 정장 차림의 실비아 디온도 모습을 드러냈다.

"저분이 대표님이시구나."

"정말 멋있다."

처음으로 차준후를 만난 일부 직원들은 좋아서 방방 뛰기도 했다. 황량한 영장산에 꽃을 식재하기 위해 얼마 전에 새롭게 뽑힌 원예 직원들이었다.

"오셨습니까?"

감홍식이 차준후에게 고개를 숙이며 인사했다.

SF 목장의 책임자로 있는 그는 차준후의 방문 시간에 맞춰 일찌감치 나와 있었다.

"이렇게 하지 않아도 된다니까요."

날씨가 포근하다고 하지만 오랜 시간 서 있는 일은 고역이었다.

차준후는 자신의 비위를 맞추기 위해 직원들이 동원되는 걸 좋아하지 않았다.

"직원들에게 일절 강요하지 않았습니다. 점심시간이 끝나기 전까지 아직 시간이 남아 있다 보니, 다들 자발적으로 대표님을 뵙고 싶다고 모인 겁니다."

감홍식이 미소 지으며 고개를 돌려 직원들을 바라봤다.

"맞아요. 사장님께서 분명히 만류하셨어요."

"대표님에게 한 소리 듣는다고 말씀하시기도 했어요. 진짜 들을 줄은 몰랐네요."

"저희가 자발적으로 모였어요. 멋있는 대표님을 뵙기 위해서요."

직원들이 동시다발적으로 떠들었다.

직원들에게 차준후는 참으로 사랑받는 대표였다. 직원들은 차준후를 향해 열렬한 애정을 표했다.

여느 다른 기업인들과는 달리 직원들에게 아낌없이 베풀고, 진심으로 대해 준다는 것을 피부로 느끼고 있었기 때문이었다.

"오래 기다렸을 테니 곧바로 꽃을 심으러 가 봅시다."

민망한 차준후가 헛기침을 내뱉었다.

그러나 직원들이 자신을 좋아하고 있다는 사실이 싫진 않았다. 자신이 하고 있는 일이 틀린 것이 아니라는 걸 보여 주는 모습이었기에 기분이 좋았다.

"안내하겠습니다."

감홍식이 차준후를 영장산의 야트막한 언덕으로 이끌었다. 그들의 뒤를 따라 경호원들과 원예 직원들이 우르르 따라붙었다.

언덕에는 군데군데 나무들이 있기는 했지만 전체적으로 황량했다. 전쟁으로 인해 숲이 황폐해졌고, 사람들이

땔감으로 사용하기 위해 나무를 마구 베면서 벌어진 풍경이었다.

"정말 황폐하군요."

차준후가 민둥산처럼 황량한 언덕을 바라보았다.

"전란으로 영장산이 불탔고, 그 이후에는 관리를 제대로 하지 못했지요. 밤에 몰래 산에 들어와서 나무를 베어 가는 사람들이 있습니다."

먹고살기 위해 많은 사람들이 영장산의 나무를 불법적으로 가져가는 것이었다.

스카이 포레스트 소유의 영장산에서 허락받지 않고 나무를 베어서 가져간다는 건 절도였다. 경찰에 신고할 수도 있는 일이다.

"악질적인 사람들을 제외하곤 가능한 좋게 말로 타이르세요."

차준후가 당부했다.

오죽하면 산으로 들어오겠는가.

가난이 죄였다. 일부 나쁜 사람들도 있겠지만, 먹고살기 어려웠기에 어쩔 수 없이 산으로 들어오는 사람들도 상당했다.

천애 고아로 태어나 지독한 가난을 겪으며 자랐던 임준후의 기억이 남아 있기에, 살기 위해 몸부림치는 이들에게 가혹하게 대하고 싶지 않았다.

양질의 많은 일자리가 만들어지면 산에서 나무를 절도하는 범죄자들이 사라질 것이었다.

"그렇게 하겠습니다."

감홍식이 미소 지었다.

처음 용산 후암동 공장에서 만났을 때가 잊히지 않았다. 그때도 차준후는 배고파하는 그에게 너무나도 많은 걸 베풀어 줬다.

햇살처럼 따뜻한 마음씨를 가지고 있는 차준후였다.

"대표님의 지시로 영장산 일대에 다양한 꽃씨를 뿌리고, 꽃과 꽃나무들을 심고 있습니다. 4월만 되어도 일대가 아주 아름다워질 겁니다."

"그때가 벌써부터 기대되는군요."

"향수를 만들기 위한 꽃들을 재배하면서, 동시에 문화관광단지까지 만든다고 해서 깜짝 놀랐습니다."

"백만 평에 이르는 꽃들의 세상이 펼쳐지는 겁니다. 해외에서 찾아온 외국인들이 주된 목표이지만, 아름다운 풍경을 보기 위해 전국에서 사람들이 몰려올 겁니다."

꽃들을 수확하기 전까지 그대로 방치할 이유가 없었다.

세계 최대의 꽃 축제 중 하나로 네덜란드의 쾨켄호프가 있다. 튤립, 수선화, 히아신스 등 수백만 개의 알뿌리 식물을 모아 놓은 꽃 축제로 명성이 높으며, 매년 3~5월에 진행된다.

형형색색의 꽃을 만나볼 수 있는 쾨켄호프는 조경 전문가들에 의해 매년 새롭게 조성되는데, 약 십만 평의 규모이다.

매년 봄이 되면 쾨켄호프의 아름다운 꽃을 구경하기 위해 수많은 외국인이 네덜란드를 방문한다. 세계로 꽃을 수출하는 네덜란드는 꽃과 문화, 관광 사업을 절묘하게 만들어 냈다.

규모가 전부는 아니지만, 백만 평에 달하는 꽃의 세상을 만든다는 건 쾨켄호프를 무려 10배가량 뛰어넘은 것이다.

만약 영장산 일대에 쾨켄호프에 버금가는 꽃 축제를 만든다면 사람들은 절로 모여들게 될 터였다.

외국인들은 영장산까지 오기 위해 차량을 이용해야 하고, 숙박 시설에서 며칠 더 머무를 수도 있었고, 영장산 일대에 있는 식당이나 상점에서 필요한 걸 구매할 수도 있었다.

국내에 외국인들을 조금이라도 더 머무르게 하면 나라에 커다란 도움이 된다.

선진국들에게는 저마다 그 나라의 유명한 식물원들이 있다. 미국에는 유명한 롱우드 가든이 있고, 스위스 베른의 장미 정원이 있으며, 일본에는 녹차밭이 유명하다.

식물원은 그 나라의 대표적인 식물과 문화를 알려 주는 살아 있는 예술적인 생물 박물관인 셈이다.

안타깝게도 대한민국을 대표하는 식물원은 지금 존재하지 않았다.

"와아! 엄청난 규모의 꽃밭을 생각만 해도 가슴이 벅차오릅니다. 관광객들이 엄청나게 몰려들겠죠."

"백만 평 규모의 거대한 꽃밭은 미국에서도 찾아보기 힘들어요. 아름다운 꽃밭이 알려지면 많은 사람들이 구경하러 올 겁니다."

실비아 디온이 확답했다.

미국이 자랑하는 롱우드 가든과 허쉬 파크에 매년 수백만 명의 관람객들이 찾는다.

그녀는 영장산의 꽃밭이 롱우드 가든에 비해 부족하지 않을 거라 여겼다.

왜?

차준후가 추진하는 사업이었기 때문이다.

아름다운 꽃밭에서 스카이 포레스트의 화장품을 팔면 롱우드 가든을 가뿐히 뛰어넘을 거라 장담했다.

"꽃씨가 싹을 트고, 꽃망울을 터트리는 날이 벌써부터 기다려집니다."

감흥식의 얼굴이 상기되어 있었다.

그들은 계속해서 대화를 주고받으며 언덕을 올랐다.

"여기에는 유채 씨앗을 뿌릴 겁니다."

감홍식이 유채를 심기 편하게 개간되어 있는 일대를 가리켰다.

야트막한 언덕 전체에 유채를 심으려고 했는데, 방대한 규모였다. 그렇지만 영장산 전체로 볼 때는 작은 규모에 불과했다.

이곳 말고도 다른 곳에 유채밭이 만들어지고 있었고, 그 이외에 다양한 꽃과 꽃나무들이 심어지는 중이었다.

"유채꽃은 다양한 용도로 활용할 수 있는 유용한 식물이지요."

차준후는 유채를 많이 심도록 지시했다.

유채꽃은 매우 아름다울 뿐만 아니라, 향도 무척 좋아서 향수로도 활용된다. 덕분에 제주도의 드넓은 유채밭은 수많은 관광객이 찾는 명소로 미래에 무척 유명해진다.

또한 유채기름은 식용, 화장품, 공업용으로도 활용되는 팔방미인이다.

"자! 점심시간도 끝났으니 일합시다."

손목시계를 본 작업반장이 지시했다.

정확하게 1시였다.

옆구리에 망태기를 걸친 원예 직원들이 조를 짜서 사방으로 흩어진 뒤에 유채 씨앗을 뿌리기 시작했다.

"어헤야! 꽃씨를 뿌려 보자."
"뿌려 보자!"
"4월이 되면 영장산은 아름다운 유채꽃밭으로 바뀔 거다. 우리는 꽃밭에서 일하는 사람들이지."
"에헤야!"
원예 직원들이 흥겹게 노래를 불러 가며 일했다.
몇 명이 꽃씨를 뿌리고, 그들을 뒤따라가는 사람들이 흙을 덮는 과정이 이뤄졌다.
"나도 씨앗이 담긴 망태기 하나 주세요."
지켜보고 있자니 차준후는 몸이 근질거렸다.
여유 시간에 헬스장에서 간간이 체력 단련을 하고 있었지만 여전히 비실한 체력이었다. 근래 사무실에서 서류 작업을 많이 하다 보니 몸이 찌뿌둥했다.
"사장님도 하시려고요?"
"네."
"제가 뒤따르겠습니다."
"저도요."
"안 하셔도 됩니다. 제가 흥겨워서 하려는 겁니다."
"저도 좋아서 하려는 겁니다. 어렸을 때부터 농사일을 거들어 왔기에 잘할 수 있습니다."
"비서실장은 대표님을 따라야죠."
망태기를 걸친 차준후의 뒤를 감홍식과 실비아 디온이

꽃 〈277〉

뒤따랐다.
 차준후가 손에 잡힌 유채 씨앗을 뿌렸다.
 뿌려진 씨앗의 위를 감홍식과 실비아 디온이 쇠스랑을 이용해서 흙으로 덮었다.
 그들의 호흡이 착착 맞았다.
 그들은 개간되어 있는 한쪽 고랑에 빠른 속도로 유채 씨앗을 심어 나갔다.
 "저기 봐! 차준후 사장님이 일하고 있어. 저기 아름다운 비서실장님도 쇠스랑을 들고 있어."
 "이야! 사장님이 우리와 함께 일해 주니까 더 힘이 나는 것 같다."
 "지금 내가 보는 게 꿈은 아니지? 흙밭에서 일하는 사장님이라니, 이건 말이 안 되잖아."
 "무슨 소리. 우리 대표님은 솔선수범하시는 분이라고. 저번에는 직접 보도블록을 깔기도 하셨어."
 "와! 정말 대단하신 분이야."
 "우리 사장님이라서 하는 말이 아니라, 존경할 수밖에 없는 분이지."
 "저런 사장님 밑에서 일할 수 있어서 정말 행복하다."
 원예 직원들이 눈을 반짝거렸다.
 사실 흙 만지는 일을 하면 무시당하기 일쑤였다. 일반적으로 책임자들은 그저 구경만 하면서 누구도 자신의 손에는 흙을 묻히려고 하지 않는다.

그런데 차준후를 비롯한 감홍식과 실비아 디온이 기꺼이 동참하고 있었다.

잘 차려입은 그들의 복장이 흙으로 더러워졌다. 바짓단이 더러워졌지만 차준후는 싱그럽게 웃고 있었다.

그 모습이 무척이나 인상적이었다.

그 광경을 지켜보는 사람들의 마음에 차준후에 대한 호감이 더욱 커졌다.

"좋다."

흙냄새를 맡으며 차준후가 오랜만에 땀을 흘리며 일했다. 몸이 기분 좋게 달아올랐다.

그렇게 황량한 언덕에 유채밭을 만드는 과정에 한 손을 거들었다.

* * *

허순재는 학생들과 함께 실습 현장에서 모를 심고 있었다. 온몸이 새까맣게 그을린 피부에 진흙을 묻히고 있었다.

"애들아, 줄을 맞춰 가면서 심어라. 균일한 간격을 유지하고, 깊이도 일정하게 고르게 심는 것이 중요해. 선생님이 하는 걸 잘 보고 따라 하면 돼."

"네. 시골에서 많이 해봤어요."

"저희도 나름 농사 전문가들이에요. 걱정하지 마세요."

어린 시절부터 농사일을 도운 학생들이 많았다.

이 당시에는 어린아이들의 조막손까지 빌려야 할 정도로 어렵고 힘든 시절이었다.

허순재가 허리를 숙여서 모를 줄 맞춰 가면서 심었고, 서른여 명의 학생들도 허순재와 똑같이 일했다.

"모르는 녀석들도 있잖아. 그런 학생들을 위한 설명이었어."

실습 분위기가 좋았다. 학생들과 친구처럼 편안하게 지내고 있는 허순재였다.

오전부터 했던 모심기였다. 적당한 크기의 논에 푸릇푸릇한 모가 빼곡하게 심어졌다.

"다했다! 선생님, 모내기 마치면 수업 일찍 끝내 주신다고 하셨잖아요?"

"약속을 지켜 주세요."

학생들이 아우성이었다.

오늘의 수업은 모심기가 전부였다.

"알았다. 수업을 끝내 줄 테니까, 다른 곳으로 새지 말고 집으로 얌전히 돌아가라."

허순재가 웃으며 수업 끝을 선언했다.

"와아! 선생님, 최고!"

"산에 칡 캐러 가자."
"좋아."
진흙 범벅인 아이들이 논 밖으로 우르르 뛰어나갔다. 오전부터 열심히 노동해서 피곤할 법도 한데 힘이 넘쳐났다.
"녀석들."
순식간에 논에는 허순재만 홀로 남았다.
홀로 논에 남은 허순재의 표정은 어느새 심각하게 굳어져 있었다.
오늘 만나기로 한 인물 때문이었다.
'그 유명한 사람이 왜 나를…….'
대한민국에서 가장 유명한 사람이라고 불러도 과언이 아닌 차준후가 만나고 싶다고 연락을 해 왔다.
처음에는 누군가의 장난이라 생각했다.
매일 신문에 이름을 올릴 정도로 잘나가는 차준후가 일개 농업고 교사를 만나려고 할 이유가 있을까?
하지만 대화를 나누어 보니 정말 차준후가 그와의 만남을 원하고 있었다.
허순재는 서둘러 학교로 돌아와 몸을 씻은 뒤 새 옷으로 갈아입었다. 집에서 가장 좋은 옷을 가지고 왔지만, 시골에서 막 상경한 사람처럼 보이는 촌스러움이 있었다.

약속 시간이 다가옴에 교무실에서 긴장한 표정으로 있는데, 학교 정문을 통해 반짝반짝 빛나는 검은색 외제 차량이 들어섰다.

"어? 웬 외제차가……."

"높은 분이라도 오신 건가? 아니, 아무런 연락도 없었잖아."

이 당시 외제차를 끌고 다니는 사람들은 하나같이 사회적 신분이 대단한 이들뿐이었다.

세계 최빈국인 대한민국에서 평범한 직장인은 외제차를 소유하는 건 꿈도 꿀 수 없는 시대였다.

검은색 승용차가 이내 주차장 한쪽에 멈췄다.

승용차에서 내린 양복 사내 한 명이 농업고등학교로 들어섰다.

잠시 후, 교무실로 양복 사내가 나타났다.

"안녕하십니까. 스카이 포레스트에서 나온 마운보입니다. 허순재 선생님 계신가요?"

"네. 저기에 있는 분이 허순재 선생님이에요."

"감사합니다."

"허운재 선생님, 모시러 왔습니다."

"네?"

허운재가 잔뜩 긴장해 있었다.

모시러 온다는 이야기는 들었지만 비싼 외제차를 끌고

올 줄은 상상도 하지 못했다. 그저 시발차가 올 거라고 생각했었다.

"준비하실 시간이 필요하십니까?"

마운보가 공손하게 물었다.

그는 허운재를 극진하게 모셔 오라는 지시를 받은 상태였다.

그리고 그걸 떠나서 차준후와 약속한 허운재였기에 결코 경시할 수 없었다. 차준후와 만나는 사람들은 하나같이 특출한 재능과 능력을 가졌다.

마운보는 허운재도 그런 능력자라고 여겼다.

"아닙니다. 가시죠."

허순재가 고개를 끄덕거렸다.

잔뜩 긴장한 기색이 역력했다. 걷는 모습이 무척이나 경직되어 있었다.

허순재가 마운보와 함께 교무실을 나섰다.

그 모습을 조용히 허순재의 동료 선생님들은 말없이 지켜보았다. 그리고 허순재와 마운보의 뒷모습이 보이지 않게 되자마자 웅성거리기 시작했다.

"대체 무슨 일이야?"

"스카이 포레스트에서 왜 허순재 선생님을 찾는 거야?"

"나도 궁금해 죽겠다. 들은 이야기가 없어."

동료들 사이에서 허순재는 다소 특별한 인물로 통했다.

평소 허순재는 독특한 구석이 있었다. 동료 선생님들과 대화를 나누는 것보다 홀로 식물을 돌보는 걸 즐겼던 것이다.

한 번씩 술자리를 권하더라도 허순재는 항상 마다하며 실습 현장이나 산속을 돌아다니며 식물들을 살폈다.

"허순재 선생님 아직 미혼이지?"

미혼인 새초롬한 미모의 여선생님이 옆자리의 선생님에게 질문을 던졌다. 그동안 미혼인 것도 모를 정도로 관심이 없었던 것이다.

"그럴걸? 그런데 그건 왜?"

"왜긴. 미혼이면 앞으로 잘해 볼까 하는 거지."

스카이 포레스트에서 초빙하는 사람들은 모두 돈방석에 앉는다는 소문이 떠돌았다.

그리고 그것은 사실이었다. 차준후가 직접 스카이 포레스트로 초빙한 인재들은 현재 하나같이 엄청난 돈을 벌어들였다.

그러니 스카이 포레스트의 직원이라는 자체만으로 일등신랑감 대우를 받는 건 당연한 결과였다.

"아, 그렇네! 우리 조카 좀 소개시켜 줘 봐야겠다."

교무실에 난리가 났다.

특히 미혼인 여선생님들이 허순재에 대한 적극적인 관심을 드러냈다.

그저 흔한 선생님 가운데 한 명인 허순재가 농업고등학교에서 폭풍의 눈으로 떠올랐다. 선생님들 사이에서 허순재의 위치가 급상승하였다.

* * *

"이거 재미있어요."

쇠스랑으로 흙을 덮던 실비아 디온이 유채 씨앗을 뿌리고 있었다. 고생하던 비서실장을 대신해서 이번에는 차준후가 뒤따르면서 쇠스랑으로 흙을 덮었다.

"힘들지 않나요?"

"괜찮아요."

실비아 디온의 얼굴에 피곤함은 전혀 보이지 않았다.

군인 가문에서 태어나 강인한 육체를 타고났을 뿐만 아니라, 어려서부터 꾸준하게 훈련을 받은 그녀는 어지간한 남성들보다 체력이 뛰어났다.

그녀는 쉬지 않고 씨앗을 뿌려 댔지만 조금도 지친 기색이 없었다.

오히려 빠르게 씨앗을 뿌리는 그녀를 뒤쫓느라 차준후는 숨을 몰아쉬었다. 땀에 젖은 머리카락이 차준후의 얼굴에 달라붙었다.

"저보다 대표님이 힘들어 보이시는데요?"

"조금 힘들기는 한데…… 그래도 기분이 무척 상쾌하네요."

차준후는 앓는 소리를 내뱉지 않고 웃으며 일했다.

육체는 부족할지 몰라도 정신은 뛰어났다. 결코 물러나지 않는 독한 정신이 부족한 육체를 통제하고 있었다.

자신은 오늘 하루 이렇게 고생할 뿐이지만, 이곳 백만 평에 아름다운 꽃밭을 만들기 위해 원예 직원들은 쉴 새 없이 일할 것이었다.

고작 하루 고생하는 것으로 앓는 소리를 하고 싶진 않았다.

그때, 유채밭으로 까무잡잡한 피부의 허순재와 마운보가 다가왔다.

허순재는 차준후를 바로 알아보고는 고개 숙여 인사했다.

"처음 뵙겠습니다. 차준후 대표님, 허순재라고 합니다."

"어서 오세요, 허순재 선생님. 제가 직접 찾아뵈어야 했는데, 이유가 있어 이곳으로 모셨습니다. 죄송합니다."

"별말씀을 다하십니다. 대표님께서 바쁘신 건 대한민국 사람들이 다 아는데, 한가한 제가 움직이는 게 별일인가요."

"그렇게 말씀해 주셔서 감사합니다."

차준후는 싹싹한 허순재를 보면서 오대양 창업주 자서전의 내용을 떠올렸다.

오대양은 향수 산업에도 뛰어들었는데, 이때 농업고등학교의 한 교사의 도움을 받았다.

바로 그 사람이 눈앞의 허순재였다.

차준후가 인재인 허순재를 이번에도 서환성보다 먼저 낚아채려고 했다.

"제가 허순재 선생님을 모신 이유를 말씀드리겠습니다. 영장산 일대에 백만 평 규모로 대규모 꽃밭을 만들려고 합니다."

인사가 끝나기 무섭게 차준후가 본론을 꺼냈다.

"네?"

허순재는 자신이 잘못 들었다고 생각했다.

백만 평이라고?

일반인은 쉽게 가늠할 수 없는 땅 크기다.

그가 지금 살고 있는 집이 20평에도 못 미쳤고, 오늘 모내기를 한 실습 현장도 천 평이 채 되지 않았다.

백만 평은 평범하기 짝이 없는 삶을 살아온 허순재가 가늠조차 할 수 없는 엄청난 규모였다.

"지금 여기에 유채 씨앗을 뿌렸습니다. 잘 자랄 수 있을까요?"

차준후가 입을 크게 벌리고 있는 허순재를 향해 물었다.

질문에 정신을 차린 허순재가 쪼그리고 앉아서 땅을 손가락으로 문질러 봤다.

"흙이 유채를 키우기에 적당하네요. 유채는 딱히 손이 많이 가는 식물이 아닙니다. 파종을 하고 사나흘이 지나면 발아가 될 겁니다. 그리고 잘 자라날 겁니다."

딱딱하게 경직되어 있던 허순재였지만 관심 있어 하는 식물 이야기가 등장하자 눈빛이 싹 달라졌다.

"라벤더나 재스민 같은 향료 식물을 수입하면 재배가 가능할까요?"

라벤더와 재스민은 향수와 화장품에 자주 사용되는 식물이다. 지금은 일본에서 천연향료를 전량 수입하고 있는데, 국내에서 재배한다면 외화를 절약할 수 있었다.

"일본에서 라벤더와 재스민을 재배하는 걸로 봐서 어렵지는 않다고 생각됩니다."

직접 재배해 보지는 않았지만 서적을 통해 라벤더와 재스민에 대해 접한 허순재였다. 일본에서 해냈다면 자신도 충분히 할 수 있다는 자신감을 드러냈다.

"기름을 추출할 수 있는 방법을 아시나요?"

차준후가 허순재에게 질문을 마구 쏟아 냈다.

그럴 때마다 허순재가 막히지 않고 곧바로 재배 방법과 추출법 등에 대해서 술술 이야기했다. 식물 이야기를 하는 허순재에게서는 어수룩한 모습이 전혀 보이지 않았다.

자서전에 기록된 것처럼 허순재는 식물에 관해서는 전문가였다.

두 사람의 대화가 열띠게 이어졌다.

대화를 나누면서 차준후는 지루한 줄을 몰랐다.

"영장산 일대에 다양한 꽃을 키워 향수와 화장품 등에 이용할 생각입니다. 그리고 동시에 영장산 일대의 꽃밭을 활용하여 대규모 관광단지를 조성할 겁니다."

"아! 정말 대단한 계획입니다! 백만 평이 넘는 꽃밭이라니…… 상상만 해도 환상적입니다."

"그를 위해 허순재 선생님의 도움이 절실히 필요합니다."

"네?"

허순재가 다시 한번 어수룩한 표정을 지었다.

자신은 그저 식물을 좋아할 뿐인 평범한 선생이었다.

그런데 그런 자신에게 대한민국에서 가장 잘나가는 스카이 포레스트의 차준후가 도움을 원하고 있다고?

지금이 마치 꿈처럼 느껴졌다.

"백만 평 규모의 꽃밭을 만들려면 다양한 품종의 꽃이

필요합니다. 그래서 종자 연구소를 만들어 국내 식물들뿐만 아니라, 해외 식물들 중에서도 영장산에서 키우기 적합한 품종을 찾으려고 합니다. 거기엔 전문가의 도움이 반드시 필요하고요. 최고의 조건으로 모시겠습니다. 일을 맡아 주시겠습니까?"

차준후가 진지하게 물었다.

"……네."

허순재가 고개를 끄덕였다.

어수룩한 그였지만 자신에게 인생 최대의 기회가 찾아왔다는 걸 알 수 있었다.

"고맙습니다."

인재를 얻은 차준후가 정말로 기뻐했다.

"앞으로 잘 부탁드리겠습니다, 대표님."

허순재가 허리를 숙였다.

그는 이제 자신의 앞에 꽃길이 펼쳐질 거라는 걸 직감했다.

제10장.

덴마크

덴마크

 포드 차량이 농업고등학교에 멈췄고, 뒷좌석에서 허순재가 내렸다.
 "태워다 주셔서 고맙습니다."
 "제가 마땅히 해야 하는 일인걸요."
 마운보가 고개를 숙인 뒤에 차를 타고 사라졌다.
 허운재는 그 모습을 망부석처럼 주차장에 서서 물끄러미 바라보았다. 방금 전까지 있었던 일이 아직도 꿈만 같았다.
 "허순재 선생님."
 "선생님, 어디에 갔다 오셨어요?"
 동료 선생님들이 우르르 몰려나와 그에게 마구 질문을 던졌다. 특히 젊은 여선생님들의 눈빛이 무척이나 강렬

했다.

"아! SF 목장이 있는 영장산에 가서 차준후 대표님을 만나 뵙고 왔어요."

허순재가 겪었던 일을 상기된 표정으로 이야기했다.

동료 선생님들의 달라지는 표정이 무척이나 현실적으로 다가왔다.

"어머! 차준후 대표님을 만났다고요?"

"어쩜 좋아."

"진짜 대단한 일을 해내셨네요."

"차준후 대표님이 뭐라고 하시던가요?"

여선생님들이 앞다퉈 질문했다.

남선생님들도 있었지만 여선생님들의 기세에 밀리고 말았다. 어차피 궁금해하는 건 비슷했기에 별다른 문제도 아니었다.

"함께 일하자고 하셨어요."

허순재가 다소 부끄러워하며 이야기했다. 지금까지 이처럼 많은 동료 선생님들의 관심을 받아 본 적이 없었다.

"차준후 대표님이 직접 함께 일하자고 하셨다고요?"

"스카이 포레스트로 영입한다는 말씀이시죠?"

동료 선생님들의 얼굴에 경악과 호기심, 질투, 동경 등의 감정이 스치고 지나갔다.

그때였다.

"허순재 선생, 교장 선생님이 빨리 교장실로 오라고 합니다."

교감 선생님이 뛰어나와서 소리쳤다.

교장실에서 기다리고 있는 학교 최고의 권력자가 있었다.

"아! 그렇지 않아도 교장 선생님을 만나 뵈려고 했어요."

"무슨 이유입니까?"

"사표를 내려고요. 차준후 대표님이 하루라도 빨리 도와 달라고 성화시네요."

차준후를 떠올리며 허순재가 웃었다.

차준후는 세계적으로 잘나가는 대단한 사업가이면서 소탈한 면이 있었다. 직접 꽃씨를 뿌리고, 흙은 덮어 주는 모습이 아직까지 기억에 생생했다.

농업고등학교보다 스카이 포레스트의 직장 생활이 즐거울 것 같았다.

* * *

차준후가 덴마크로 떠나기 위해 실비아 디온, 그리고 경호원들과 함께 김포공항의 로비에 모습을 드러냈다.

대현그룹의 준비가 모두 끝나면서 덴마크를 방문하게

될 날이 다가왔다.
 공항 로비를 오가는 사람들의 표정은 무척이나 밝았다. 검은 머리의 한국인들이 많았지만, 금발에 푸른 눈의 외국인들도 많이 보였다.
 외국인들은 남성보다 여성들이 많았는데, 태반은 대한민국에서만 판매하는 스카이 포레스트의 특별한 화장품을 구매하기 위해 방문한 것이었다.
 곧 해외로 떠날 사람들과 대한민국으로 들어온 입국자들로 로비의 분위기가 들떠 있었다.
 "대표님, 저를 데리고 가 주셔서 정말 감사합니다."
 앤디 사무엘의 눈이 반짝반짝 빛나고 있었다.
 "앤디가 함께 가 준다고 해서 무척 든든합니다."
 "대표님께서 천연가스 운반선을 만드시겠다고 해서 깜짝 놀랐습니다. 천연가스 운반선을 만들려면 우선적으로 플랜트 시설을 만들어야 하는데, 그 업무에 제가 함께한다는 게 영광입니다."
 석유화학 플랜트에 반쯤 미쳐 있는 앤디 사무엘이었다. SF 화학에서 플랜트 시설을 만들기 위해 노력하고 있다가 며칠 전에 LNG 운반선 이야기를 전해 듣고 흥분되어 잠을 이루지 못했다
 그는 석유화학 플랜트의 전문가답게 LNG의 엄청난 파급력에 대해서도 잘 알고 있었다.

차준후도 자신을 도와줄 전문가가 필요했기에 앤디 사무엘을 호출한 것이었다.

"그런데 LNG 운반선에 대해선 도대체 언제 공부하신 겁니까?"

앤디 사무엘이 궁금해 미칠 것 같은 표정으로 물었다.

그는 한국 직원들처럼 차준후를 어려워하지 않았다. 수평적인 구조인 외국 회사에 익숙했기에 궁금한 걸 그대로 물어봤다.

"전부터 관심이 있어서 조금씩 공부를 했어요."

차준후가 있는 진실을 그대로 밝혔다.

임준후로 살았을 때 LNG 운반선에 대해서 공부한 건 진실이었다.

"LNG 운반선은 각국이 나서서 달려들어도 아직까지 실마리도 잡지 못한 건데 도대체 어떻게……."

"지금 대표님을 의심하시는 건가요?"

실비아 디온이 서늘한 눈초리로 앤디 사무엘을 쳐다보았다.

비수처럼 날카로운 눈빛이 힐난하는 것처럼 보였다.

아니, 진짜로 비난하고 있는 것이었다.

"헉! 그게 아니고요. 그저 궁금해서……."

"일국이 나서서 못했다고 대표님도 못할 거라고 생각하지 마세요. 세계가 다 같이 힘을 합쳐서 못한 정도는 되어야죠."

"아, 세계급 천재라는 뜻이죠? 알겠습니다."

"세계급이라는 표현 좋네요. 대표님에게 딱 어울리는 표현입니다."

차가운 표정을 짓고 있던 실비아 디온이 미소를 머금었다.

두 사람의 대화를 듣고 있던 차준후는 당황하여 말했다.

"아니, 그 정도는 아닌데……."

"아닙니다. LNG 운반선은 정말 세기의 발명입니다. 심지어 미국조차도 수많은 연구원이 달려들었지만 수년 동안 뚜렷하게 결과물이 나오지 않았고 말이죠."

"자! 여기에서 이럴 게 아니라 빨리 들어갑시다."

차준후는 민망해하며 길게 줄이 선 통로가 아닌 다른 통로로 향했다. VIP들을 위한 통로였다.

차준후와 일행들은 출국을 위해 긴 줄을 서지 않아도 됐다.

"좋은 여행 하세요."

"잘 다녀오세요."

"고맙습니다."

차준후의 방문을 사전에 전달받은 김포공항 직원들은 여권을 확인하는 절차도 거치지 않고 차준후와 일행들을 통과시켰다.

대한민국에 차준후의 얼굴을 모르는 사람은 없었다. 이제 차준후의 얼굴이 여권이나 마찬가지였다.

VIP 통로로 들어선 차준후가 라운지에 일찌감치 대기하고 있던 대현그룹의 정영주 일행과 덴마크의 제임스 보위, 바이든 등을 만났다.

"아, 차준후 대표! 오셨구려. 차준후 대표 덕분에 전세기를 타고 편하게 덴마크에 갈 수 있게 됐소. 고맙소이다."

정영주가 차준후에게 고마워했다.

"오랜 시간 비행을 하는 게 고역이라서요. 제트 비행기를 타고 갈 수 있어서 좋네요."

"출발하지요."

"그럽시다."

차준후가 비행기 트랩에 올랐다.

비행기에 탑승하기 전 공항 로비를 바라보니 손을 흔들면서 차준후를 배웅하는 직원들의 모습이 보였다.

배웅하거나 마중하는 형식적인 걸 좋아하지 않는 차준후였다.

하지만 비행기에 탑승하기 전 열렬히 배웅하는 직원들의 모습을 보자 기분이 좋았다. 직원들의 진심과 따뜻한 마음이 느껴졌기 때문이었다.

"차준후 고객님, 좌석으로 안내해 드리겠습니다."

전세기의 여승무원이 차준후를 반겼다.

덴마크 항공사의 승무원은 이번 승객들 가운데 주인공이 바로 눈앞의 차준후라는 걸 잘 알았다. 다른 누구보다도 차준후에게 최상의 서비스를 펼쳐 잘 보여야만 했다.

"여기입니다."

"감사합니다."

그들이 안내된 곳은 일등석이었다. 스카이 포레스트의 세 사람은 모두 일등석 좌석을 배정받았다.

모든 이가 일등석을 배정받은 건 아니었다.

전세기라고는 하지만 모든 이들이 일등석을 이용할 수는 없었기에, 몇몇 사람들은 일등석이 아닌 비즈니스석을 이용해야만 했다. 차준후와 실비아 디온의 경호원들도 비즈니스석에 앉았다.

"와아! 일등석이라니 꿈만 같네요. 대표님 덕분에 일등석을 다 이용해 봅니다. 이따가 일등석에만 제공해 준다는 식사랑 술도 먹어 봐야겠어요."

앤디 사무엘이 어린아이처럼 기뻐했다.

"대표님, 오늘도 멋있으십니다."

옆 좌석에 앉아 있던 바이든이 차준후에게 말을 걸어왔다.

차준후의 바로 옆 통로 건너편 좌석에는 바이든과 제임

스 보위가 앉아 있었다. 오랜 시간 이어질 비행시간 동안 조금이라도 더 친분을 쌓을 수 있도록 덴마크 정부에서 이렇게 좌석을 배치한 것이었다.

"감사합니다."

그 의도를 단번에 알아차린 차준후는 쓴웃음을 지으며 대답했다.

그때였다.

"대표님은 항상 멋있으세요."

실비아 디온이 슬쩍 끼어들었다.

한 점 가식 없는 솔직한 마음이었다. 그녀의 눈에는 차준후가 언제나 멋있었다.

차준후는 실비아 디온의 낯 뜨거운 표현에 얼굴이 살짝 상기됐다. 그러나 정작 실비아 디온은 그냥 당연한 말을 한 거라는 듯 아무런 표정 변화도 없었다.

「안녕하십니까? 저는 여러분들을 목적지까지 안전하고 편안하게 모실 기장 에드워드입니다. 우리 비행기는 곧 이륙하겠습니다. 좌석벨트를 매셨는지 다시 한번 확인해 주시기 바랍니다.」

여승무원들이 돌아다니면서 승객들과 좌석의 상태 등을 확인했다.

"차준후 고객님, 불편하신 점 있으신가요?"

아까 전 차준후 일행을 좌석으로 안내해 주었던 여승무원이 무릎을 꿇은 채 시선을 맞추며 상냥하게 물었다.

이 시대에 비행기를 이용하여 해외를 오가는 이들은 기본적으로 재력을 갖춘 이들이었다. 그중에서도 일등석을 이용하는 고객들은 하나같이 사회 각계각층의 유명 인사들뿐이었다.

그런데 심지어 전세기를 이용한다?

당연히 항공사로서는 최우선적으로 관리해야 할 승객이었다. 그런 측면에서 지금 여승무원의 태도는 지극히 자연스러운 것이었다.

그러나 차준후를 바라보는 여승무원의 눈빛에는 단순히 중요 고객을 바라보는 것 이상의 감정이 담겨 있었다.

그리고 그것은 단순히 이성을 향한 호감이 결코 아니었다.

그녀는 여승무원의 모습을 하고 있었으나, 그것은 위장된 신분이었다.

그녀의 진짜 정체는 전 세계를 오가며 비밀스러운 임무를 수행하는 덴마크 근위대 정보부의 비밀공작원, 주된 임무는 산업스파이였다.

미인계!

그녀는 아름다운 외모를 이용하여 타국의 젊은 사업가

들에게 접근하여 수차례 중요 기밀을 탈취해 왔다.

그리고 이번에도 차준후를 통해 스카이 포레스트의 기술을 탈취하기 위해, 승무원으로 위장하여 접근한 것이었다.

덴마크 정보부의 독단이었기에 재무부 소속인 제임스 보위도 그녀의 정체를 알지 못했다.

"편안합니다."

"제가 좌석벨트를 매어 드릴게요."

"괜찮습니다. 제가 하죠."

차준후는 손을 내젓고는 서둘러 자신의 좌석벨트를 채웠다.

여승무원에게 호감을 느꼈다면 모를까, 아무런 호감도 없는 차준후로서는 여승무원의 과한 친절이 부담스럽게만 다가왔다.

"불편한 점이 있으면 언제라도 엘리나를 찾아 주세요."

여승무원이 눈웃음을 치면서 일어났다.

"흥!"

창가 쪽에 앉은 실비아 디온이 콧방귀를 끼었다.

차준후에게 꼬리를 치고 있는 여승무원의 모습이 마음에 들지 않았던 것이다.

"그러죠."

그러나 차준후는 그냥 담담하게 반응했다.

근 1년간 갑자기 수많은 여성이 다가오기 시작하며, 이제 어지간한 여성에게는 내성이 생긴 까닭이었다.

"……."

엘리나가 평소 겪어 보지 못한 반응에 당혹스러워했다.

어떤 남성이든 엘리나가 다가서면 항상 어쩔 줄 몰라 했다.

미인계는 고전적이지만, 효과적인 수단이었다. 그동안 남성들은 무언가 이상함을 느끼면서도 엘리나의 미인계에 넘어왔다.

그러나 차준후는 엘리나에게 일말의 관심조차 보이지 않았고, 덴마크 정보부의 미인계는 시작부터 허무하게 좌초됐다.

"여기요! 지금 와인 마실 수 있을까요?"

앤디 사무엘이 엘리나에게 요구했다.

"고객님, 이륙 후 비행기가 안전고도에 올라서면 와인을 가져다 드리겠습니다."

차준후와 대화할 때는 무릎까지 꿇은 채 시선을 맞추며 답했던 엘리나가 꼿꼿하게 서서 사무적으로 응대했다. 그녀의 무릎은 사람을 봐 가면서 움직였다.

707-320 제트 여객기가 요란한 굉음을 내지르면서 활주로에서 이륙했다.

창문을 통해 점점 작아지는 대한민국의 모습이 보였다.

* * *

덴마크 전세기가 김포공항을 떠난 날, 천하일보에서 발행된 석간신문에는 놀라운 기사가 실려 있었다.

「스카이 포레스트의 위대한 도전! LNG 운반선!」

이하은 기자의 특종 보도였다.

이제는 감추려 해도 곧 모두에게 알려질 수밖에 없다고 판단한 차준후가 친분이 있는 이하은 기자에게 특종을 건네준 것이었다.

그러나 이하은이 LNG 운반선에 대해 잘 알고 있을 리가 없었고, 차준후는 친절히 이하은을 불러 LNG 운반선이 무엇인지 자세히 설명해 주었다.

덕분에 이하은은 LNG 운반선의 가치를 잘 알지 못하는 사람들도 이해하기 쉽게 기사에 담아낼 수 있었다.

"세계 최초의 운반선? 이 꼬부랑글씨로 적혀 있는 게 대체 뭐야?"

"기사 내용을 읽어 봐. 석탄이나 석유처럼 사용할 수

있는 연료라잖아."

"이야! 대한민국의 천재가 다시 한번 엄청난 일을 벌였구나!"

"선진국의 정부가 나서서 달려들었는데도 해내지 못한 일이래. 그 어려운 일을 우리 차준후 대표가 해낸 거야!"

"당분간 술 좀 줄이려고 했는데, 오늘은 정말 어쩔 수가 없네. 차준후 때문에 술을 끊을 수가 없어."

즐거움은 나누면 배가되는 법!

전 세계의 누구도 해내지 못한 일을 최초로 해낸 인물이 대한민국 사람이라는 것은 같은 국민으로서 기쁘지 않을 수 없는 일이었다.

LNG 운반선이라는 게 정확히 무엇인지는 몰라도, 세계 최초의 영광을 다시 한번 거머쥐었다는 것만으로도 크게 기뻐했다.

전 국민이 천하일보의 석간신문을 읽으며 차준후에 대한 이야기를 주고받았고, 금세 전국이 떠들썩해졌다.

다소 혼란스러운 정국으로 하루하루 불안한 마음이 있었던 국민들에게 이번 소식은 큰 기쁨을 안겨 줬다.

하지만 천하일보의 기사를 접한 일부 이들의 반응은 그들과는 달랐다.

천하일보의 기사를 한국인들만 본 것은 아니었다.

LNG 운반선의 이야기를 담은 이하은의 기사를 확인한

몇몇 외국인들은 황급히 자신이 소속되어 있는 곳으로 움직였다.

* * *

주한 영국 대사관.

평소 영국 대사관은 무척 한가로웠다. 대한민국에서 특별히 하는 일이 많지 않았기 때문이다.

그렇지만 오늘은 달랐다.

천하일보의 기사를 접한 뒤에 수십 명의 대사관 사람들이 분주하고 움직였다.

천하일보의 이하은 기자와 대한민국 상공부를 비롯한 정부 부처 관계자들을 만나러 다니기 위함이었다.

차량 한 대가 매우 빠른 속도로 영국 대사관 안으로 질주해 들어왔다.

차량이 완전히 멈추기도 전에 뒷좌석의 문이 열리더니 한 명이 뛰어내렸다. 매우 다급한 표정의 그가 빠른 속도로 내달렸다.

"어떻게 됐어?"

초조한 표정으로 대사관을 서성이던 영국 대사 다니엘 드로스가 헐떡거리며 집무실로 들어온 직원에게 다급히 물었다.

사내는 숨 돌릴 틈도 없이 입을 열었다.
"차준후는 금일 유럽으로 출국했다고 합니다. 아무래도 덴마크로 간 것 같습니다."
"젠장! 바이킹 놈들에게 선수를 빼앗겼군!"
다니엘 드로스가 욕설을 내뱉었다.
신사의 나라로 알려진 영국의 대사가 얼굴을 흉악하게 일그러뜨렸다.
"LNG 운반선 이야기는 사실이라던가?"
2차 세계대전 이후로 영국의 국력은 약화되어 가고 있었다.
영국은 쇠퇴하는 국력을 다시금 되살리기 위해 몇 가지 대형 프로젝트를 진행 중에 있었다.
그러나 천문학적인 자금을 쏟아부었음에도 안타깝게 아직 어떠한 성과도 내지 못했다.
대표적인 실패를 꼽자면, 바로 세계 최초의 제트 여객기로 명성을 알린 코멧이었다.
영국의 정부는 민간 항공기 제작사를 지원하여 세계 최초 제트 여객기, 코멧을 상용화시키며 영국의 기술력을 세상에 알렸다.
그러나 화려하게 세상에 모습을 드러냈던 코멧 제트 여객기는 몇 달도 채 지나지 않아 상공에서 산산조각이 나는 사고가 나는 사고가 발생하며 역사의 뒤안길로 사라지게 되었다.

물론 천문학적인 비용을 날리게 되었지만, 이 실패를 거름 삼아 영국은 많은 기술 발전을 이루어 낼 수 있었다.

그러나 이 실패로 인해 여객기 시장을 미국에게 빼앗긴 것은 뼈아플 수밖에 없었다.

만약 국제 여객기 시장을 석권할 수 있었다면 단숨에 국력을 다시 끌어올릴 수 있었을 테니 영국 입장에서는 두고두고 아쉬운 일이었다.

그리고 이후 영국이 심혈을 기울이고 있는 프로젝트가 바로 LNG 운반선이었다.

영국은 여타 유럽 국가들과 마찬가지로 북해의 유전, 가스전 탐사를 이어 나가는 가운데, LNG 운반선을 개발하기 위해 국력을 집중했다.

그렇지만 막대한 투자에도 불구하고 연구는 지지부진했는데, 어느 날 갑자기 최빈국인 대한민국에서 그 핵심 기술이 개발되었음이 언급된 것이다.

다니엘 드로스의 몸이 후끈 달아오를 수밖에 없는 상황이었다.

"정확히 확인할 수 없었습니다. 하지만 덴마크 녀석들이 전세기까지 동원했다는 게 심상치 않습니다. 없는 이야기 같지는 않습니다."

"빌어먹을! 우리 정보부는 이런 중요한 정보도 미리 알아내지 못하고 대체 뭣들 한 거야!"

영국은 자유 진영의 최전선 가운데 한 곳인 대한민국에 MI6 정보부 직원들을 주한 영국 대사관의 무관으로 위장하여 파견해 두었다.

공산 진영인 북한의 정보를 습득하는 동시에 중국, 미국, 일본과 밀접한 관계를 이어 나가는 한국에서 정보를 수집하기 위함이었다.

영국은 최빈국인 대한민국은 별 볼 일 없다 여겼기에 대한민국 자체에는 큰 관심이 없었다.

다만 대한민국의 기업 중 스카이 포레스트만은 달랐다.

스카이 포레스트는 영국 정부도 예의주시하고 있는 1순위 관찰 대상이었다.

그럼에도 이런 중요 정보를 놓친 것이었으니 다니엘 드로스는 분개하지 않을 수 없었다.

"LNG 운반선에 대한 정보는 스카이 포레스트 내에서도 기밀이었던 것 같습니다. 얼마 전 덴마크와 대현그룹 관계자들과 회의를 가졌는데, 그 자리에 참석했던 스카이 포레스트의 관계자들도 놀란 눈치였다는 정보가 있었습니다."

"심상치 않아……. 차준후라면 정말 해냈을지도 몰라."

영국 대사는 차준후가 LNG 운반선의 핵심 기술을 확보한 것이 사실일 가능성이 높다고 점쳤다.

그가 그동안 보여 주었던 놀라운 모습들을 생각하면 허투루 넘길 수 없었다.

"본국에 연락해서 차관 지급 문제를 조속히 진행하라고 해. 어떻게든, 아니 무조건 대현조선소에 차관을 지급해야 한다고."

영국 대사는 대현그룹이 조선소를 세우기 위한 자금을 마련하려고 영국 은행과 접촉했음을 알고 있었다.

그동안은 아무런 기반도 없는 대한민국에 조선소를 세운다는 게 허황된 이야기라 여겼기에 차관을 지급하는 데 신중해야 한다고 생각했다.

하지만 정말 차준후가 LNG 운반선을 만들 수 있다면, 그리고 그 기술을 대현그룹에 제공한다면 더 이상 대한민국에 조선소를 세우는 건 허황된 일이 아니었다.

무조건 차관을 줘야만 했다.

그리고 그것을 빌미로 어떻게든 앞으로 대현조선소에서 이루어질 LNG 운반선 사업에 한 발 걸쳐야만 했다.

그래야만 다른 선진국들을 제치고 영국이 LNG 사업에서 선두로 달려 나갈 수 있었다.

"알겠습니다."

"정보부 녀석들에도 강하게 전달해. LNG 운반선에 대한 정보를 하나라도 더 획득하라고 말이야. 지금처럼 아무것도 모르는 상태로 있을 거면 그냥 헤엄쳐서 고국으로 돌아가라고 전해."

"조치하겠습니다."

"스카이 포레스트의 임원을 만나고, 상공부의 간부들을 찾아보고 오겠네. 혹시라도 아는 이야기들이 있을 수 있으니까 말이야."

다니엘 드로스는 당장 스카이 포레스트로 달려갈 준비를 갖췄다.

* * *

미국 대사관.

대한민국에 있는 대사관들 가운데 가장 바쁘게 움직이는 곳이었다.

"이런 중요한 정보를 놓치다니! 대체 무엇들 하는 거요?"

조지 보디아 대사가 목청을 높였다.

격분하여 쏘아보고 있는 그의 앞에는 순한 표정의 중년 사내가 한 명 앉아 있었다.

"LNG 운반선의 핵심 기술을 확보했다는 정보는 스카이 포레스트 내에서도 기밀이었던 것으로 확인됐습니다."

"지금 그게 변명이 된다고 생각하시오? 스카이 포레스트에는 실비아 디온이 차준후의 최측근으로 있지 않소! 아무리 내부에서도 기밀로 다루어진 정보라고 해도 최측근인 그녀라면 알고 있었을 텐데, 왜 이런 소식을 신문으로 접해야 한단 말이오!"

"그녀는 스카이 포레스트에 관해서는 가족에게도 일절 이야기하지 않습니다."

대사관 무관이 난처한 표정을 지으며 대답했다.

그는 대외적으로 무관의 신분을 내세우고 있었지만, 또 다른 신분이 하나 더 있었다.

바로 미국 중앙정보국, CIA의 요원이었다.

CIA는 세계 곳곳에서 활동하며 수집한 정보를 분석하여 미국 정부의 각 부처에 보고하는 임무를 지닌 정보기관으로, 대한민국에서는 스카이 포레스트가 요주의 감시 대상이었다.

차준후는 물론이고, 그의 최측근인 실비아 디온도 감시 대상에 포함되어 있었다.

하지만 CIA로서는 실비아 디온이 무척이나 불편한 존재였다.

군인 집안에서 철저히 훈련받은 그녀는 여느 일반인들과 달리 정보의 중요성을 잘 알고 있었기에, 정보 관리에 누구보다 철저했다.

심지어 그녀의 아버지 또한 그것은 마찬가지였기에 민감할 수 있는 이야기는 애당초 딸에게 묻지도 않았다.

그녀의 아버지도 그것은 마찬가지였기에 스카이 포레스트에 대한 이야기는 딸에게 일절 묻지 않았다. 민감할 수 있는 정보가 자신도 모르게 새어 나가는 것을 방지하기 위함이었다.

간혹 묻는 것이 하나 있긴 했는데, 바로 차준후에 대한 이야기였다.

다만 그것도 전부 사적인 영역에 해당하는 것들로, 딸의 연인으로 바라보는 시각으로 접근한 질문들이었다.

"이번 일이 얼마나 엄청난 건지 알고 있으시오!"

조지 보디아 대사가 소리쳤다.

"알고 있습니다."

세계의 모든 정보를 접하고 다루는 CIA 요원이다. 당연히 LNG 운반선의 가치를 모를 리 없었다.

이러한 정보를 미리 파악하고 있지 못한 것은 엄청난 실책이었다.

자신의 실책을 잘 알고 있었던 CIA 요원은 아랫입술을 잘근 씹었다.

"안다는 사람이 일을 이따위로 처리한 거요?"

조지 보디아는 생각할수록 분노가 가라앉지 않았다.

"……"

CIA 요원은 입이 열 개라도 할 말이 없었다. 대한민국에 파견된 CIA 요원들은 최근 스카이 포레스트가 아닌 다른 쪽에 더 많은 신경을 기울이고 있었으니까.

대한민국 군부에서 보이는 불온한 움직임.

최근 CIA 요원들은 거기에 더 많은 인력을 투입해 두고 있었다.

만약 평상시처럼 스카이 포레스트를 감시해 왔더라면 지금보다는 빨리 LNG 운반선에 대한 정보를 얻었을지도 몰랐다.

"이제부터는 24시간 차준후의 감시를 게을리하지 마시오."

"알겠습니다."

"어떠한 일이 일어나도 말이오. 설령 전쟁이 일어난다고 해도 차준후의 감시를 멈춰서는 안 된단 소리입니다."

사실 지금 조지 보디아 대사의 지시는 선을 넘은 것이었다.

CIA는 어느 특정 부처에 소속되지 않은 독립 기관이었다. CIA 요원은 오로지 중앙정보국 국장의 지시만을 따랐다.

그렇지만 CIA 국장의 뜻도 크게 다르지 않았기에 그는 구태여 조지 보디아 대사의 말에 반발하지 않았다.

CIA의 국장 또한 대한민국의 군부에 불온한 움직임도

감시를 게을리해서는 안 되지만, 그보다 LNG 운반선에 대한 첩보를 우선시하라고 지시를 내린 상태였다.

즉, 이번 LNG 운반선 개발은 쿠데타 이상으로 세계에 영향을 줄 수 있는 엄청난 일이라는 의미였다.

(내가 제일 잘나가는 재벌이다 12권에서 계속)